Hakim Susan
İlk Kısım
(Hakimiyet ve Erotik Teslimiyet)

Erika Sanders
seri
Hakim Susan Cilt 1 - 5

özet

Üniversiteyi bitirdikten sonra Susan, arkadaşının kızı için her zaman özel bir arzu duymuş olan bir aile dostu Robert tarafından sağlanan ilk işine gider.

Bu özel dilek, Susan'ı egemenliği altına almaktır...

Bu yayın, Susan'ın serüvenlerini boyun eğme yönüyle anlattığım bir dizi güçlü erotik BDSM içeriği içeriyor.

Yüksek romantik ve erotik BDSM içeriğine sahip romanlar.

Aşağıdaki ciltleri içerir:

1 – Yeni iş

2 – Kurallar

3 – Yeni Oyuncak

4 – Ceza odası

5 – Toplanti Ustalarla

Yazar hakkında not:

Erika Sanders, uluslararası üne sahip, yirmiden fazla dile çevrilmiş, en erotik yazılarını her zamanki nesirinden uzak, kızlık soyadıyla imzalayan bir yazardır.

dizin

HAKIM SUSAN
İLK KISIM
(EROTİK HÜKÜMETİ)
ERIKA SANDERS

ÖNSÖZ

Robert, Susan ile aynı yaşta bir oğlu olan evli, olgun ve başarılı bir iş adamıdır.

Aileleri uzun yıllardır yakın arkadaşlardı ve onun büyüyüp güzel bir genç kadına dönüşmesini izlemişti.

Kıza karşı her zaman açık bir dostluk göstermiş ve yıllar içinde ona olan düşkünlüğünün farkına varmasını sağlamıştı.

Gizlice, arkadaşça ilişkisi ve kıza olan sevgisi, onları gerçekleştirme şansı olmadan birçok karanlık arzusunu gizledi.

Ona tamamen boyun eğmesi, en karanlık düşüncelerindeki ve gerçekleşmesini dilediği tek rüyaydı.

Susan, elinde işletme diploması olan ve dünyayı deneyimlemeye hevesli yeni mezun bir kızdır.

İlk gerçek işine başlamak üzere, bir aile dostu olan Robert tarafından babasına olan saygısı ve yeteneklerinin tanınması nedeniyle teklif edilen bir pozisyon.

Ama aynı zamanda, onun farkında olmadan, ona sahip olma arzusuyla körüklendi.

O güzel, şehvetli ama tatlı bir kız ve aynı erkek arkadaşı Peter, üniversitenin birinci yılından beri aynı.

Maceracıdırlar ama dünyalarını asla rahatsız etmezler.

Ne istediğini biliyor ya da bildiğini zannediyor ama hayatının yollarında başkalarının ona rehberlik etmesine izin verme konusunda gerçekten oldukça itaatkar.

YENİ İŞ

Binanın önünde duruyor, gözleri cam ve çelik cepheye bakıyor.

Girişte aceleyle girip çıkan tüm bakımlı erkek ve kadınları izleyin.

Kendi kısa etek takımına bakar, adımlarını hızlandırır ve içeri girer.

Asansöre binip yeni işvereninin işine girerken, bir buçuk metrenin üzerinde yükselen erkekler tarafından küçük ve biraz korkmuş hissediyor.

Etrafına baktığında, resepsiyon masasında bomba gibi sarışın bir kadınla konuştuğunu ve çapkın bir şekilde kıkırdadığını gördü, ona dönerken gülümsemesi yüzünü aydınlattı.

Nedenini bilmeden kızarır ve topuklarını fayans zemine vurarak ona doğru hareket eder.

Onu masadaki kızla tanıştırırken kolu koruyucu bir şekilde omuzlarını sarıyor.

"Anne, bu benim küçük Susy'm!"

Kızarır, sonra doğrulur ve elini uzatır.

"Merhaba, aslında benim adım Susan, tanıştığımıza memnun oldum."

Onu omzunda sürekli olarak çeşitli departmanlara ve diğer yöneticilere yönlendirir.

Onu, minnettar olduğu ve bu büyük rekabet dünyasında elinden gelenin en iyisini yapmak isteyen Susan olarak tanıtır.

Sonunda onu ofis odasına götürmeden önce çok çeşitli isimleri ezberlemeye çalışarak sabah boyunca ona yakın duruyor.

Burada olduğu çoğu zaman kendisine ait olacak antredeki masayı ona gösteriyor.

Çantasını bir kenara koyuyor ve parmaklarını iyi seçilmiş mobilyaların üzerinde hafifçe gezdiriyor.

Tamamen deri ve maun olan gösterişli koyu renkli mobilyalara işaret ettiği ofisine götürülür.

"Ve burası benim çalıştığım yer."

İlk kez yanından ayrılarak masasına oturdu.

Bu büyük ofiste onun önünde dururken garip bir şekilde yalnız hissediyor.

Bazı anahtarları alarak konuşmaya devam ediyor:

"Solda, dinlenme odasının arkasında, küçük bir mutfağa açılan bir kapı bulacaksınız. Bu genellikle müşterileri eğlendirir. Bar buzdolabı her zaman listede bulunanlarla dolu olmalıdır, ayrıca bir menü vardır. Tüm yemekleri pişirmeyi öğrenmelisiniz. yemekler, aşçı müsait değilse. Antrenman programınıza koyacağım. "

Hızla arkasından ilerleyip onu kapıya doğru itip kapıyı açtı.

Gözleri kocaman açılmış ve şirketin büyüklüğüne ve sahip olduğu ofislere huşu içinde, tek yapabildiği aptalca başını sallamak.

"Öyle olacak."

"Evet efendim," dedi gülümseyerek ama sesinin sertliği onu sarstı.

"Evet efendim ". Otomatik olarak yanıt verir.

Onu kolundan tutarak mutfaktan çıkar ve aynı duvarda kapısı olan başka bir yatak odasına götürür.

"Ve burası benim özel banyom, kullanabilirsin ama sadece benim iznimle, anladın mı Susy?"

Bu banyonun zenginliğine tekrar sözsüz bir şekilde başını salladı, adamın kaskatı kesildiğini hissedince toparlanıp kekeledi:

"Evet efendim".

Onun itaatine gülümsüyor.

"İhtiyacı olursa koridorun sonundaki çalışanlar tuvaletini kullanacak ve ben burada değilim."

Bu sefer daha hızlı.

"Evet efendim".

Odanın diğer tarafında, size gösterdiği kapılı iki benzer yatak odası.

"Burası özel bir toplantı odası," diye çabucak baktı ve onu aceleyle indirdi, "... ve eğer geceyi şehirde geçirmem gerekirse, burada dinleniyorum."

Oda karanlıktı ve büyük odada büyük bir sayvanlı yatak ve tuhaf sıralar görünüyordu.

Kapıyı üzerine kapatmadan önce bunu hissedecek zamanı bile olmamıştı.

Onu masasına geri götürür, bilgisayarı açar ve ofisinden bilgisayarına her zaman açık ve açık olması gereken kişisel mesajlaşma servisini gösterir.

Doğru zamanlarda uygun "Evet" ile ve doğal olarak yardımcı olma eğilimiyle yetinerek, yeni çevresine alışması için onu masanın üzerine bırakır.

Küçük anlık mesajları göndererek dikkatini test ediyor ve masasında kendisine şikayet edilen ödevleri ve farklı zamanları okurken verdiği anında yanıtlarına gülümsüyor.

GERÇEK MESLEK

Şirketindeki yeni işiyle tanışırken sabırlı ve nazikti.

Toplantılarda veya şirket dışında olmadığı zamanlarda anlık mesajlaşma ekranı aracılığıyla sık sık onunla konuştu, ona ailesi, arkadaşları, erkek arkadaşıyla işlerin nasıl gittiği hakkında sorular sordu, onu onun gibi hissettirdi Aşkını görüyorsun ve hayatına gerçek ilgi.

Eğitiminin yoğun ilk haftalarında, ona danışmak ve gerekirse programını ayarlamak için zaman ayırdı, akıl hocası, arkadaşı ve bazen sert bir baba figürü oldu.

Onunla şakalaştı, oyunlar oynadı ve cana yakın sohbet etti.

Zaman geçtikçe konuşmalar giderek daha samimi hale geldi.

Bilgisayarda doğruluk mu cesaret mi oynadılar ve oyunda soruları daha kişisel ve doğrudan hale geldi.

Sonra son cevabını okurken durakladı.

Böyle bir şeyin olmasını bekliyordu ama gerçekten olmasını hiç beklemiyordu.

Burada gerçeği oynuyordu ve işte onunla tekrar cüret etme şansıydı.

Her zaman doğruyu seçti... ve erkek arkadaşından bir şaplak attığını ve bundan hoşlandığını itiraf etti.

Böylece hayalini gerçekleştirmeye başlayacaktı.

Muhtemelen bunu onunla bir daha asla oynayamayacağını biliyordu ve durdurmak istediğini düşünerek neredeyse geri çekildi, ya da daha kötüsü, şirketteki birine ve ardından ailesine söylemek istedi.

Ancak, devam etmesi gerekiyordu.

Uzun süredir devam eden arzusu onu harekete geçirdi ve yazmaya başladı.

Cesaret etmeyi seçmemişti, ama yazmaya devam etti ...

***

"Sana şaplak atmama izin vermene cüret ediyorum, Susy."

Baktı, okuduklarına inanamadı.

Ona yakın büyümüştü, ona ve ona olan sevgisine hayrandı ve ona kendini çok özel hissettirdi, neredeyse babasıymış gibi.

Belki de önceki gece randevuları hakkında ona söylediklerine inanamayarak onunla yine şaka yapıyordu.

Erkek arkadaşı tarafından şaplak atılırken nasıl hissettiğini düşünürken aklı döndü ve cevap vermesi gerektiğini anlayınca koltuğunda kıvrandı.

Ekrana baktı, mesaj kutusu şimdilik boştu, yanıtını bekliyordu.

* * *

Çıldırmaya başladı, ama sonra onun yazdığını gördü.

Kalbi hızla atıyordu ve sonunda ne yazdığını göremeden panikledi.

"Evet efendim."

Çabucak yazdı, kendi kendine ve şansına göre hareket etmesini istedi:

"O zaman ofisime gir ve kapıyı kapat. Ofisime girdiğinde tüm emirlerime uyacak, konuşmadan kucağıma yatacaksın ve şaplaklarıma boyun eğeceksin."

* * *

Cevabına gözlerini kırpıştırdı.

Bu oyun ciddileşiyordu ama bu sadece bir oyundu, değil mi?

Onu test mi ediyordu?

Geri dönmeli miyim?

Kendi sebeplerinden dolayı hem gergin hem de gergindiler, bilgisayar ekranına yapışmışlardı.

İlk geri adım atan ve onu kızdıran ilk kişi olmak istemiyordu.

Yazdı:

"Evet efendim".

***

"O zaman ofisime gel Susy ve kapıyı kapat."

Cevap yoktu, ama ofisine koştu ve korkmuş bir tavşan gibi kapıyı kapattı, az önce kabul ettiği şeye inanamadı, hala onunla oynadığını düşündü.

Vücudu onun için acı çekerken, onun korkusunu, şaşkınlığını ve onu devam ettiren gözlerindeki ısıyı görerek kıpırdamadan oturuyordu.

"Kucağım bekliyor"

Öne doğru bir adım attı ve o elini kaldırdı, adımın ortasında durdu.

"Bu odaya girmeme itaat etmeyi kabul ettin, değil mi?"

Görünür bir şekilde titreyerek fısıldadı:

"Evet efendim".

Yeri işaret etti, cesaretlendi ve homurdandı,

"Bana doğru sürün."

Yüzünde oynanan duyguları, isteksizliği, korkuyu, korkuyu, heyecanı ve sonunda teslimiyetini izledi.

Rüyasının başlangıcının gerçekleşmesini izlerken tuttuğu nefesi bıraktı, küçük bedeni dizlerinin üzerine düştü ve sonra ona doğru sürünmeye başladığında ellerine düştü.

Onu görünce penisinin titrediğini hissetti.

Sadece bu öğleden sonra için de olsa, nihayet onundu.

***

Bunu yaptığına inanamıyordu, hayatı boyunca tanıdığı bu adam ona gerçekten şaplak atmak üzereydi.

Oyun çok ileri gitmişti, ama neden onu durdurmuyordu?

Onu istediğini anladı!

Aman Tanrım, onu mu istiyordu?

Onunla ilgili bir sorun mu vardı?

Neden böyle hissettiriyordu?

Ayağa uzanıp kucağında bir yılan gibi kayarken gözleri büyük sandalyesindeki güçlü vücuduna kilitlendi.

Yanlış olduğunu biliyordu ama elinde değildi.

Konuşmadan, tartışmadan, iyi bir kız olduğu için onu okşamadan, eli sert bir şekilde kıçına çarptı ve o ciyakladı.

* * *

Ona doğru sürünen güzel meleğe baktı, zihni en karanlık yerlere gidiyor ve geri çekilmek zorunda kalıyordu, o kadar genç ve etkileyiciydi ki değerini fark etmedi.

Kucağına kayarken tüm iradesini kayıtsız kalmak için kullandı, eteğini kaldırırken pembe tangasını ortaya çıkarırken, elini kaldırdığında ve tüm gücüyle ona vurduğunda midesindeki bu sertliği hissedebildiğinden emindi.

Sadece bunun için bir kez zevk aldıysa.

Gergin kaslarının saldırı altında dalgalanmasını ve beyaz teninde el izlerinin kırmızı parlamasını izleyin.

O ciyaklıyor ve iç çekiyor:

"Ohhhhh çok acıttı".

O onu tekrar derinden kırbaçlarken o ciyaklıyor ve bacaklarını büküyor.

* * *

Acı küçük bedenini doldurup onu ısıtırken, şaplak atmanın izini kaybeder.

Küçük amında başlayan sıcaklığı ve onu kırbaçlarken uyluklarındaki ıslaklığı fark eder.

Sıcaklığında kaybolmuş ve çığlık atması gerekiyor, küçük gözyaşları yanaklarını çiziyor.

* * *

Onu kırbaçlarken, sert kaslarının, çığlıklarının ve küçük kıçını parlak kırmızıya boyarken ona şaplak atmayı bırakması için yalvarmasının tadını çıkarırken eli uyuşuyor.

Onu bacaklarının arasında, inanılmaz bir şekilde ıslak görünce durur, küçük bedeni kucağında sarsılır.

* * *

Nefesi kesilip çığlık atarken zihni bu adamın gücüne kilitlendi.

Onu sert ve hızlı bir şekilde kırbaçlamaya devam ettikçe, zihni sarsılırken vücudu devralır, aşırı derecede beceriksiz bir erkek arkadaşa olan sıcaklığı ve bastırılmış ihtiyacı hisseder ve onun gelişi, sertleşmesi ve orgazm hissinde kaybolur. bu basit şaplakla uyluklarına fışkırtıyor.

İçinde durduğunu ve öldüğünü hissediyor.

Kucağında titrerken, nefes nefese ve hıçkıra hıçkıra ağlarken onun utancı onu dolduruyor.

Kızarıklığının sıcaklığı yüzünü doldurdu, çok utanmıştı, bunu nasıl yapabilmişti?

* * *

Yüzünün utançtan kızardığını görünce gülümsüyor, onu yerinde tutuyor, bunun onun anı olduğunu biliyor.

"Önümüzdeki hafta benim kölem olacaksın. Bu senin kraliyet mesleğin olacak. Sana emrettiğim her şeyde bana itaat edeceksin. Her zaman göz önünde olacak ve gerekirse ayrılmak için izin isteyeceksin. tuvalete git. Ben sana sahip olacağım sen de bana itaat edeceksin. Bir haftanın sonunda bunu tekrar konuşacağız."

* * *

Kucağına uzanmış, şaplak atmasının orgazmını hissederek sözlerini dinliyor.

Bu bir açıklamadır, soru değil.

Ona seçenekler sunmadığını fark etti.
Utanç içinde başını eğdi, az önce yaptığı şeyle titriyordu.
Ve inliyor:
"Evet efendim"

DURUMU KABUL ETMEK

"Bir haftalık kölen."

Ona her zaman bir prenses gibi davrandığı için hafta o kadar da kötü olamazdı.

Birkaç dakika önce zor zamanlar geçirmesine ve bir hafta boyunca tam itaat talebinde bulunmasına rağmen, onu kucağına almış, gözyaşlarını silmiş ve temizlemesi için özel banyosuna göndermişti.

Aynanın önünde durmuş utancını yeniden yaşıyordu, o kötü bir kızdı ve şimdi Robert bunu biliyordu.

Kahretsin!

Oyununu oynarken tüm bunları bir sır olarak saklayıp saklamayacağını merak ederek dudağını ısırdı.

Çünkü bu bir oyundu, değil mi?

Banyodan çıktı, yüzü az önce olanlar tarafından yansıtılmıyordu ve bunun tek dış kanıtı kızarmış poposuydu.

Yüzünün tekrar kızardığını hissederek ona doğru yürüdü ve ona cum sırılsıklam tangasını verdi.

"Tamam, çok güzel. Ancak, ikimizin de sevdiği insanlar var ve bu, ummm, eğlenceliydi, ama ikisinin de bilmesini istemiyorum..."

Kızın derin kızarmasını görünce ve sesindeki kendini suçlamayı işiterek, avantajını kullanarak onun sözünü kesti:

"Orgazma ulaşana kadar sana şaplak atmama izin verdiğini mi? Benim için bir haftadan az olmamak üzere köle olmayı kabul ettiğini mi? Benim tatlı Susy'm, sen çok yaramaz bir kaltaksın!"

Ayaklarına bakmak için başını indirene kadar son kelimede onun solgunluğunu izledi.

Önünde, pembe tangayı önünde tutarak çenesini kaldırdı ve gülümsedi.

"Ailelerimize de zarar vermek istemediğimi anlayın. Ama bundan sonra yalnız kaldığımızda bana Efendi diyeceksin. Ben, tatlı bebeğim, bir Efendiyim ve bu yüzden bir köleye ihtiyacım var. Bir hafta burada işteyim. ve hafta sonunda tekrar konuşacağız ve oradan nasıl devam edeceğimizi göreceğiz."

Bunun üzerine tangayı cebine soktu ve masasına geri döndü.

Ona bir zarf kaldırırken, onun sorgulayan gözleriyle karşılaştı.

"Bu, hafta boyunca uymanız gereken kuralların bir listesi. Şimdi eve gidip orada çalışabilirsiniz. Yarın erken gelin, yapacak çok işimiz var. Sabah yedide görüşürüz."

Ayağa kalktı ve nazikçe yanağını öptü, ofisten ayrıldı ve günü sonlandırdı.

Onu öpmek için yaklaşırken, "Evet, Usta" diye fısıldadığını duydu ve bu onu genişçe gülümsetti.

KURALLAR

O gece yatağına uzandı ve haftalık talimatlarını okudu ve başını salladı.

Bu çok rahatsız ediciydi ama nedense hayır diyemiyordu.

Ama hayır demeliydim.

Haklıydı, o bir fahişeydi.

Ona şaplak attığını hissetmek istemişti.

Erkek arkadaşı çok tatlıydı ama asla Robert'ın yaptığı gibi ona şaplak atamadı.

Zihinsel olarak boyutunu ve şeklini göz önünde bulundurarak, sert horozunun karnına bastırıldığını hissetmişti.

Erkek arkadaşı, hayal gücünün yanında solgundu.

Tokatlamayı yeniden yaşayarak ve önümüzdeki haftayı düşünerek uykuya daldı, eli bacaklarının arasına sıkışıp günün ikinci orgazmını yaşadı.

***

Duş almak için erken kalktı.

Her şeyi kurallarda belirtildiği gibi traş etti ve özenle giyindi.

Saçları özenle yapılmış bir atkuyruğu şeklinde toplanmıştı.

Ve bluzunun altına sütyen yerine kaşkorse giydi, şımarık küçük göğüslerine minnettardı ve külotunu kısa etek takımının altına kaydırdı.

Makyajı söylendiği gibi yapıp çantasını kaptı ve işe gitmek için erken gelen otobüse yetişmek için tam zamanında kapıdan dışarı koştu.

Asansöre binerken, her zamanki sabah trafiğinin bu kadar erken olmaması, binanın garip bir şekilde terk edilmiş görünmesine neden oldu, diye düşündü.

Sessiz ofise girerken, ışıkların açık olduğunu ve adamın zaten orada olduğunu görünce şaşırdı.

Masasına geçti ve gelişini haber vermek için hızla "Günaydın, Usta" mesajı attı.

* * *

Saatine baktı ve gülümsedi.

Tam zamanında.

Geceyi önümüzdeki haftayı planlayarak geçirmişti.

Onu saplantı haline getiren bu güzel kıza sahip olmak için ihtiyaç duyduğu birikmiş yılların ödülü.

Onun yeni rolünü kabul etmesine, bedenini ve ruhunu köleleştirmesine ihtiyacı vardı ve bunu yapmak için sadece bir haftası vardı.

Bir sonraki hamlesine karar vermeden önce geceyi planlamıştı.

Gülümseyerek şunları yazdı:

"Güzel kızım, zamanında geldin. Ofisime gel, kapıyı kapat ve soyun. Sonra odanın ortasına git ve orada bekle."

* * *

"Evet usta."

Kalbi çarparak ofisine girdi ve kapıyı arkasından kapattı.

Gözlerinin onu dikkatle izlediğini hissederek döndü ve bir adım attı.

Yavaşça, giydiği her parçayı çıkardı ve yanına, yere koydu.

Sonunda çırılçıplak, kölesi olmak için kendini odanın ortasındaki yumuşak halının üzerine koydu.

Ayağa kalkıp masasından ayrılırken onu izledi.

Onu tepeden tırnağa, teninin her santimini, ona dokunmadan, ama o kadar yakından izlerken, etrafında dolandı, vücudunun ısısını tüylerinin üzerinde hissedebiliyordu.

Aniden masasına döndü, ona giyinmesini ve işe gitmesini söyledi ve işine devam etmek için dikkatini vermeyi bıraktı.

***

Giyinip masasına döndüğünde onun şaşkınlığını ve hayal kırıklığını görebiliyordu.

Kızın her ne karar verirse onu yapmaya, iradesine itaat etmeye ve dahası, onun oyununu oynamasına neden olan aşağılama ve utancına karşı hazır olduğunu biliyordu, ama fazla zorlamak istemiyordu.

Daha fazlasını istemesine, daha fazlasına ihtiyacı vardı.

Masasının üzerindeki antrenman programına bakmak için döndü.

Aşçılık dersleri iyi gidiyordu.

Şirketteki insanlar bundan hoşlanıyor gibiydi.

Ona kulüpten bazı arkadaşlarla bir akşam yemeği ısmarlamanın yakında havada olabileceğini düşünerek çenesini hafifçe sıvazladı.

Zihninde ona verdiği şaplaklamayı, horozunun kabardığını, eli uyarılma hissini ona sürttüğünü, onu çıplak ve o kadar isteyerek itaatkar gördüğünü hatırlayarak masasında oturdu, neredeyse planlarını, şehvetini ve ihtiyacını unutturuyordu. . kıza hükmetmek için.

Anlık mesaj gönderdi:

"Mastürbasyon mu yapıyorsun, Susy?"

Anlık mesaj masasında yanıp sönerken bekledi.

Soru karşısında amını sıktığını, kıpırdandığını hayal edebiliyordu ama o zaten oyun sırasında çok daha fazlasını itiraf etmişti.

"Evet, Usta, sık sık."

Sadece onunla oynamak değil, onu düşündürmek için aşağıdaki sözlerini dikkatlice seçerek şu mesajı yazdı:

"Pek görmediğin bu genç adam seni yeterince tatmin etmemiş olabilir mi küçük orospu? Belki bu hafta tatmin olmana yardımcı olur."

Bununla konuşmayı kapattı.

***

Masasında, cevap ve konuşmanın aniden kapanması onu hayrete düşürdü, ancak sözleri üzerinde düşünmeye devam etti.

Daha sonra, işiyle meşgulken, eli omzuna kıvrılıp sağ göğsüne yaslanana kadar onun arkasına geçtiğini anlamadı.

Kulağına fısıldamak için eğildi:

"Sadece küçük kaltağımın sıkı çalışmasını izliyorum."

Sertleşmiş meme ucunu okşayarak ve nefesinin hızlanmasını dinleyerek gülümsedi.

Daha sonra elini çekti ve ona dönmeden önce ofisinden ayrıldı:

"Biliyorsun Susy, bu çok tatmin edici bir hafta olacak."

* * *

Küçük okşamalar ve küçük şakalarla onu tüm gün sinirlendirdi, bilinçsiz hareketleri için her zaman daha fazlasını istedi ve giderek daha fazla kızardı.

Bütün gün ihtiyacını uyandırdığı için tatmin olmuş, daha fazlasını istiyordu.

Haberci masasında titredi.

"Bugün gitmeden önce küçük kaltak, masama gelecek ve o gün için hizmetimden ayrılmak için izin isteyeceksin."

* * *

"Evet usta." Yazdı ve yaptığı işi bitirmek ve masasını toplamak için çabucak acele etti.

Biraz heyecanlıydı.

Bütün gün onunla dalga geçmişti, külotu ıslak ve yapış yapıştı ve bu kadar ateşli hissettiğine inanamıyordu.

Onun dediği küçük orospu olduğunu bilerek kızardı, ama kendini tutamadı.

Ayağa kalktı ve ofisine girdi, kapıyı kapattı ve onu yaklaştırmasını bekledi.

Çok daha uzun gibi görünse de birkaç dakika böyleydi.

Bu, ona bakıp masasının yanındaki yerde bir noktayı işaret edene kadar onu daha da gerginleştirdi.

"Al, Susy."

Neredeyse tekrar onun yakınında olmak isteyen yere uçtu.

Açlığı karşısında yüzündeki gülümsemenin aydınlandığını görünce, kızarması tekrar yüzünü doldurdu.

"Ayrılmadan önce değerlendirmem gereken bir şey daha var." Sözlerini özümsediğinde hafifçe titrediğini görebiliyordu. "İyi bir fahişe ol ve önümde masaya yaslan Susy."

Onun yanlış anladığını görünce, onun hareket etmesini beklemedi, bunun yerine ayağa kalktı, onu kolundan tuttu ve masaya yaslanması için bastırdı, ayakları zar zor yere değiyordu.

Ellerini kadının uyluklarında gezdirerek genişçe yayarak dilini sert bir şekilde tıklattı.

"Benim küçük orospu Susy, bugün bunu bu kadar ıslatacak ne yaptın?"

Küçük ağlamasını duyup derin kızardığını görünce tepkisine sırıttı.

Onun uyarılmasından dolayı sürekli oynadığı oyunları kolayca suçlayabilirdi, ama o sessiz kaldı, ona fahişe dediği için utandı.

Parmaklarını ıslak pamuklu külotun üzerinde gezdirdi ve devam etti.

"Böyle ıslak bir sürtükle ne yapmalıyız?"

Parmaklarını külotuna geçirerek ıslak yarığını okşadı, gün boyunca ona maruz kaldığı onca oyundan sonra kıvranmasını ve nefesini tutmasını izledi.

Klitorisi başparmağıyla işaret parmağı arasında tutup yavaşça sıkarak hırladı:

"Cevap ver küçük sürtük!"

Onun yüksek sesle inlediğini duyunca ve titrediğini görünce tekrar gülümsedi.

Masasına bastırdı, kalçaları genişçe yayıldı.

Sözleri karşısında duyduğu aşağılanmanın yüzünü renklendirdiğini ve onu daha da ıslattığını hissetti.

Oynak elleri ve parmakları bütün gün onu gergin tuttu, küçük vücudu talepkar ve dokunuşuna ihtiyaç duyuyordu.

Şimdi onun amını okşarken parmaklarının hissi, kalçalarını bilinçsizce hareket ettirdi.

Parmakları klitorisini kavrayıp sıkarken gözleri büyüdü ve yüksek sesle inledi:

"Evet, Usta, yani, hayır Usta, oh, Tanrım!"

"Ne yapacağını biliyorsun!" Kıçına sert bir tokat attığında o ciyakladı.

Tekrar çığlık atarken küçük vücudunda acıya neden olarak sıkmaya devam etti.

Cevap isterken ona tekrar vurduğunda gözleri yaşlarla doldu:

"Bir şaplak, Usta!"

Küçük kıçını tekrar tokatlarken klitorisinin seğirdiğini hissetti.

Acı içinde kavis çizerek, gözyaşları yüzünden aşağı akarken, acısını ve ihtiyacını haykırarak orgazm oldu.

Elini geri çekti ve fahişeye baktı, neredeyse ona yalvarıyor olmasına çok sevindi.

Kollarında kontrolsüz bir şekilde sarsılırken, sırtını ovuştururken ve ona güven verirken, onu kaldırdı, ağlamaklı yüzünü öptü.

Onu banyoya kadar geçirdi.

"Makyajını düzelt küçük kaltağım, insanların burada bir şey oynadığımızı düşünmelerini istemeyiz."

Derinden kızarırken ve başını indirirken onun geniş, alaycı gülümsemesine baktığını gördü.

* * *

Yüzünü yıkayıp düzeltmek için eğilirken, ona dokunduğunda nasıl hissettiğini hatırladı.

Pantolonunun altındaki bariz sertlik.

Aklı, horozunun nasıl olması gerektiğine dair görüntülerle dolaşıyordu.

Ürperdi.

* * *

"Madem o kadar nahoş bir kızsın ama melek yüzlüsün, ıslak külot giyeceksin Susy, bırak insanlar meleğin göründüğü kadar masum olup olmadığını merak etsin!" Yüzündeki titreyen ifadeyle eğlendi. "Yarın duştan sonra, en sevdiğin külotunu seçmeni ve onları o küçük amının üzerine koymanı istiyorum." Zihni, o sabahki muayenesinden onun sıkı, taze traş edilmiş amının anısını canlandırdı. "Bu yüzden orgazmın eşiğine kadar mastürbasyon yapmanı ve sonra durmanı, giyinmeni bitirmeni ve işe gitmeni istiyorum. Gelir gelmez ofisime gel."

Gözleri büyüdü, kalbi çılgınca çarpmaya başladı.

İstediği şey biraz aşırıydı, ama amını sıktı ve daha da damladığını hissetti.

Titreyen bir sesle "Evet, Usta" diye cevap verdi.

Daha çok kızarmasına neden olan delici gözlerle baktı.

Eli, ıslak, pamuk kaplı amına dokunmak için etrafında dolaştı.

Sonra tehditkar bir hırlamayla kulağına fısıldayarak:

"Ve bu hafta dikkatsiz erkek arkadaşınla seks yapma, Susy. Bu hafta benimsin. Anladın mı?"

"Evet, Usta," diye fısıldarken yüzü ışıl ışıl parladı.

* * *

O gece ara ara uyudu.

Rüyaları onunla doluydu, vücudu o kadar uyanmıştı ki, sürekli ıslak ve muhtaç görünüyordu.

Erkek arkadaşını aramayı düşündü.

Üstat öyle olup olmadığını nasıl anlayabilirdi?

Bunu yapmanın kendisini sinirli ve suçlu hissettireceğini içten içe biliyordu, bu yüzden başını yastığa gömdü ve tekrar uyumaya çalıştı.

* * *

Ertesi sabah, uzun hazırlıklardan sonra, seyahat ederken huzursuz ayaklar üzerinde işe gitti.

İnsanların onun uyarıldığını hissedip hissetmediklerini görmek için etrafına baktı, meme uçları boşalma ihtiyacından sürekli olarak sertleşiyor ve küçük düğmesinin onu rahatsız etmesine neden oluyordu.

* * *

Varışta doğrudan ofisine gitti.

Biriyle telefondaydı ve gözleri ona döndüğünde bir gülümseme belirdi.

Bir kalem aldı ve yanındaki not defterine "soyun" yazdı.

Sayfayı ona çevirdi ve sandalyesinin önünde, iki yana açılmış bacaklarının arasındaki yeri gösterdi.

Büyük masanın etrafında itaatkar bir şekilde dolaşıp soyunmaya başladığında bacakları titriyordu.

Ağzını eliyle kapattı ve fısıldadı:

"Yavaş, bu bir tıbbi muayene değil"

Ona göz kırptı ve o kızardı ve başını salladı, onun daha şehvetli bir şekilde soyunmasını anlamıştı.

Bunu yaptı ve sonunda çıplak, şöyle dediğini duydu:

"Üzgünüm Harry, şimdi senden ayrılmak zorundayım. Seni daha sonra arayacağım, birinin ilgilenmeme ihtiyacı var."

Ona gülümsedi ve telefonu kapattı.

Onu eleştirel bir bakışla inceledi, ıslaklığını hissetmek için parmağını uyluğunda gezdirdi, sonra arkasına yaslandı ve dilini ıslak parmağının ucunda gezdirdi.

"Arkanı dön ve masanın üzerine eğil seni küçük orospu ve bacaklarını aç."

Döndü ve iki büklüm oldu, ona sıkı küçük kıçını gösterdi.

Amcık dudaklarından çıkan kumaşın küçük ucunu izlerken, onu çimdikledi ve baştan çıkarıcı bir şekilde yavaşça çekmeye başladı.

Duyguların ve hislerin kasırgasından iri gözlü ve neredeyse sulu, onu kaldırdığında amının daha da damlamasını izleyerek külotunu hareket ettirdi.

Kumaş şeridi yarığına girdiğinde, sertçe çekti, dudağını ısırıp inlerken pencerenin yansımasında yüzünü izledi.

Çıplak poposuna vurarak ve ayağa kalkmasını söyleyerek, kız doğrulup kendisine dönerken ona eleştirel bir bakış attı.

Muayeneden sonra bir kez daha poposuna vurdu ve kıyafetlerini düzeltmesini, ıslanan külotunu giymesini ve işine geri dönmesini emretti.

Yüzündeki kızarma ve şaşkın ifade onu çok memnun etti.

Sonra ona sırtını döndü ve önceki konuşmalarına devam etmek için telefonu aldı, gözleri ofisinin bölmelerindeki yansımasına odaklandı.

"Ah evet." Kendi kendine, "Bu çok tatmin edici bir hafta olacak. Ve planım başarılı olursa, bir haftadan çok daha uzun sürecek..." diye düşündü.

YÖNETİCİ İLE TOPLANTI

Masasına döndü, yüzü utanç ve mahcubiyetle kıpkırmızı olmuştu.

Hayır demek ve oyunu durdurmak aklına bile gelmemişti.

Bunu yaparsa ne olacağını merak ederek uzun dakikalar boyunca oturdu.

Tanrım, diye düşündü. "Onu kovup ailesine nedenini açıklar mıydım yoksa çok yaramaz olduğu için bunu yapmak zorunda olduğunu söyler miydim?

"Belki," diye mantık yürüttü. "Babasına gidebilir ve ona bu adamın ona ne yaptırdığını söyleyebilirdi, ancak babasının kabul etmediği veya istemediği hiçbir şeyi gerçekten yapmadığını fark edince depresyona girdi ve bunu babasına söyleyemedi."

Sevgi dolu babasını düşünerek gülümsedi.

O onun tatlı meleğiydi ve Usta Robert'ın dediği gibi küçük bir cadı olduğu gerçeğiyle onu hayal kırıklığına uğratmaya dayanamazdı.

Düşlerine daldı, yanıp sönen anlık mesajı çok geç olana kadar görmedi.

İkinci ve üçüncü bir mesaj belirdi "BURADA ŞİMDİ!"

Zıplarken ve beklenti içinde titrerken neredeyse onun çığlık attığını duydu.

Cevap vermedi, ama ofisine koştu ve tam kapıda durdu.

İçeri girerken ve konuşmadan, ona kapıyı kapatmasını işaret etti ve masasının önündeki bir noktayı işaret etti.

Yavaşça oraya doğru yürürken, o bilgisayarına not yazmayı bitirirken o beklentiyle ayağa kalktı.

Hayal kırıklığıyla ona baktı ve başını salladı.

Sessizliği onu daha da gerginleştirdi ve ayağa kalkıp onu takip etti, eteğini yukarı çekti, hala ıslak olan külotunu ortaya çıkardı ve kıçına sertçe vurdu.

Onun ciyaklamasından zevk alarak onu çevirdi ve çenesini sertçe sıkarak gözlerinin içine bakmasını sağladı.

Yüzüne doğru eğilerek, "Ben, Susan, senin Efendinim! Sen, kızım, benim kölemsin ve dikkatsizliğin, bunu hatırlaman gerektiğine inanmama neden oluyor."

Gözlerinin onunkinden ayrıldığını gördü.

"Bana bak!" Yüzüne doğru hırladı, gözleri ona doğru yükselirken iç çekişinin tadını çıkardı.

Başını kaldırıp ona baktı ve özür dilemeye başladı, ama o elini çenesine daha sıkı bastırdı ve gözleri yaşlarla dolarken onu susturdu.

O kadar güzel savunmasız görünüyordu ki horozu seğirdi.

"Elbette cezalandırılman gerekecek, ama sanırım bir tokat daha yemekten hoşlanırsın, değil mi, benim küçük kaltağım?"

Memnuniyetle izledi, kara gözleri ona bakarken utancı yüzünü kapladı.

"Müdürlerden birini bekliyorum ve şu anda senin itaatsizliğinle uğraşacak vaktim yok" diyerek onu ofisinin köşesine masasının arkasına göndererek devam etti, "Köşede yaramaz kız gibi dur. Ben Alan'la buluşurken sen öylesin."

Sertleştiğini hissetti ve ellerinin eteğinden aşağı kaymaya başladığını gördü, ama kıçına sert bir tokat attı, kıpkırmızı ve sıcak bir izlenim bıraktı.

"Eteği olduğu gibi bırakın. Bu basit talimatı bile izleyemiyorsanız kollarınızı önünüzde çaprazlayın."

Onun inlediğini ve hıçkırıklarını bastırdığını duydu ve yüzünü aydınlatan bir gülümsemeyle masasına döndü.

Onun sesini yükseltip bağırdığını duyunca fiziksel olarak solgunlaştı:

"Girin Alan. Asistanım sizi içeri almak için orada olmadığı için üzgünüm."

Alan içeri girerken derin bir kıkırdama sesi duydu.

"Sorun değil Robert. Görüyorum ki burayı yeniden dekore ediyorsun. Çok hoş demeliyim ve eklediğin o kırmızı dokunuş, harika!"

Aklı yarıştı:

"Onun hakkında mı konuşuyordu? Kesinlikle hayır"

Ama bir sonraki pencereden dışarı bakarken yanaklarında beliren parlak kızarmaya engel olamadı.

Hareketsiz kalmaya çalıştı ve onlar bir müşteriden ya da başka bir şeyden bahsederken arka planda kaybolacağı umuduyla telaşlanmamaya çalıştı.

Sonunda toplantı sona erdi ve Alan mutlu bir şekilde ayrıldı:

"Sanırım ofisimi de benzer şekilde dekore edebilirim Robert, ama belki İskandinav temasıyla."

Robert'a sinsi bir göz kırptı ve ekledi:

"Kıvrımlı bir sarışın gördüğümde çıldırıyorum. Belki de Anne'yi kişisel asistanım yapmanın zamanı gelmiştir."

Ayrılırken yüksek sesle güldü ve kız içeride sindi.

YENİ OYUNCAK

Sonunda onu kendisine gelmesi için aramadan önce bilgisayardaki raporları doldururken onu yarım saat daha orada bıraktı.

"Umarım seni tekrar cezalandırmak zorunda kalmam küçük köle ve dikkat etmene yardım etmek için sana bir hediyem var."

Masasındaki bir çekmeceyi açarak küçük, sıcak pembe bir silindir çıkardı ve merakla ona bakarken ona baktı.

"Gerçekten çok masum," diye düşündü ve ona özel banyoya girmesini ve yeni oyuncağı bir tampon gibi amına sokmasını işaret ederken gülümsedi.

Aklı ona boyun eğmeye karşı savaşırken büyüleyici bir şekilde kızaran duyguların yüzünde oynamasını seviyordu.

"ŞİMDİ, köle!"

Elinden küçük nesneyi aldı ve yavaşça banyoya yürüdü ve kapıyı kapatmak için döndü.

Ama onun orada eğilmiş onu izlediğini gördü.

"Önce işemeliyim lütfen Usta." diye kekeledi.

"Devam et küçük köle, seni durdurmayacağım." Biraz geri çekildi ama açık tutmak için kapıdan ayrılmadı.

Onun yüksek sesle iç çektiğini duyunca arkasına döndü.

İdrar yapmak için külotunu indirip oyuncağı soktuğunu fark etmemiş gibiydi.

Nemli külotunu tekrar yerine çekerek ayağa kalktı.

Ve elleri eteğini indirmeye hazır olduğunda, onun dilini tıklattığını duydu.

Başını salladığını görmek için yukarı baktı.

Eteğini beline kadar sıkı bırakarak ellerini yıkamayı bitirdi ve onu masasına kadar takip etti.

Ona kaşlarını çattığını gördü ve şimdi onu üzmek için ne yapabileceğini merak etti.

"Susan, sanırım bu senin için bir ders günü."

Bir an duraksadı ve onun sözlerini düşünmesine izin verdi.

"Köleler Efendileri için iç çekmez! Anlayın mı? Çok basit, evet Efendi, çünkü benim kölem olduğun için bana itaat edeceksin!" En son suçunu anlatırken gözleri onunkilere kilitlendi.

Yüzünden geçen korku ve utancı izledi, dişleri yine sevimli bir şekilde alt dudağını ısırdı.

Bazen küçük bir kızı cezalandırmak gibi, diye düşündü.

Gözlerini kocaman açarak başını salladı, onun öfkeyle daha da sertleştiğini görünce "Evet, Usta" diye fısıldayacak kadar toparlandı.

Artık korkmuştu çünkü bariz öfkesi ona bunun artık bir oyun olmadığını doğrulamıştı.

Onaylama, yeni keşfettiği farkındalığının gücüyle neredeyse topuklarının üzerinde geriye doğru sallayacak olan yüzüne bir tokat gibi çarptı.

Çok ileri geldiğini, çok fazla şey yaptığını, ona çok fazla şey yapmasına izin verdiğini, şimdi geri adım atmasını ya da ondan durmasını istediğini biliyordu.

Böyle bir kelime boğazında ölecekti.

Dakikalarca süren sessizliğin ardından hıçkıra hıçkıra ağlamaya başladı ve yürümeye başladı.

Onun kırıldığını, niyetinin onu sardığını fark etti.

Bu, onu gerçekten kendisinin yapmaya başlama zamanıydı.

Panikleyip ondan tamamen kaçmadan önce hızlı hareket etmesi gerekiyordu.

Şimşek hızıyla uzandı ve daha koşamadan kolunu tuttu.

Gözlerine bir uzaktan kumanda tuttu ve kedisinde alçak bir uğultu başlatmak için düğmeye bastı.

Sarsıldı ve ona bakarak bir inilti çıkardı.

Derin bir sesle dedi ki:

"Evet küçük sürtük, amcığındaki o yeni oyuncağı tıpkı seni kontrol ettiğim gibi kontrol ediyorum. Ben senin efendinim."

Poposunu okşarken onun korku dolu gözlerine baktı.

Oyuncak daha yüksek bir hızda vızıldıyordu.

Heyecanıyla birlikte nefesi de artmaya başladı.

Kulağına fısıldamak için eğildi:

"Benim fahişem olmayı seviyorsun, değil mi Susy?"

Devam ederken onu daha da yakınına çekerek daha da yaklaştı:

"Ne kadar yaramaz olduğunu ve benimle olduğun zaman oyuncağın senin için bıraktığı o sıkı küçük amcıktaki duyguları saklamak zorunda kalmadan, bana hizmet etmen gerektiğini biliyorsun."

Bununla kıçına sert bir tokat attı ve el iziyle ısıttı.

Dudağını ısırmasını izlerken, renklerle dolan etkileyici yüzünde duyguların oynadığını görebiliyordu.

"Benim yanımda kendin olabilirsin Susy. Olduğun her şeyi ve benim için yapabileceğin ve olacağın her şeyi seviyorum."

Kedisindeki oyuncağın uyarılmasından dolayı yeşil gözlerinde ortaya çıkan artan cinsel açlıkla karışık olan sıcaklığı, utancı ve korkuyu hissedebiliyordu.

Yavaş, bilinçli bir kelime seçimiydi ve bunun bir daha asla onun için bir oyun olmayacağının bilinciyle mücadele ederken bu kelimelerin zihnini işgal etmesine izin verdi.

Yorulmadan kadının kafasını arzularıyla doldurmak için konuştu.

"Seni neredeyse tüm hayatın boyunca tanıdım. Her zaman öyle tatlı, öyle masum ve öyle itaatkar ki senin bir köle olmak için doğduğunu biliyordum, benim küçük cadım. Sana arzuladığın zevki ve acıyı verecek bir Efendiye ihtiyacın var."

Sesini onun kulağında yumuşak, alçak bir mırıltı olarak tuttu, ama sözlerinde sert, buyurgan bir üslupla.

"Bana güvenebilirsin Susy, ben senin isteklerini ve arzularını beslerken seninle ilgileneceğim ve seni güvende tutacağım."

Bunu zaten kırmızı olan kıçına başka bir tokatla noktaladı.

"Küçük köleden tek istediğim, bana hizmet etmen ve bana iyi itaat etmen. Ben senin efendinim Susy. Ve sen küçük tilki, arzuladığım kölesin."

Şimdi nefes nefeseydi, oyuncağı biraz daha sert çalıştırıp kıçını tekrar tokatlarken vücudu heyecandan gözle görülür bir şekilde titriyordu.

"En değerli varlığım olarak sana sahip çıkacağım ve seninle ilgileneceğim. Efendin olarak seni beni memnun etmen ve yapmadığında cezalandırman için eğiteceğim."

Eli yine kıçına gitti.

Bacaklarını biraz daha açarak ona ihtiyacı olan şeyi verirken zorlukla dik tuttu.

Tıpkı ona hükmetmek istediği gibi, onun üzerinde kontrol taleplerine de ihtiyacı vardı.

Onun giderek artan küçümseyen emirlerine her uyduğunda, şimdi onun yaşlarla dolu gözlerine bakarken bile, onun ne kadar ısındığını görebiliyor ve hissedebiliyordu.

"Efendinize güvenmeli ve itaat etmelisiniz, Susy." Kıçını tekrar tokatlayarak, alçak sesle homurdandı, "Benim için gel, benim küçük kaltağım. Bana itaat et ve Efendin, kölen için boşal."

Kalçalarını döndürürken bacağını onunkinin arasına yerleştirdi, onu ıslatmasına izin verdi, kediyi zonkladı, başının inlemek için eğilmesini izledi.

Kollarını onun küçük bedenine doladı ve o titremeye ve titremeye başlarken onu kendine çekti, kaldırdı, doldurulmuş bir sandalyeye taşıdı ve kucağında otururken, içindeki vızıltı yavaş yavaş kayboldu.

O anda, onu memnun etmekten, ona itaat etmekten, ilgilenilmekten ve değer verilmekten başka bir şey istemiyordu.

Uzun süre kucağında oturdu, sakinleşirken onu okşadığını, saçlarını ve sırtını okşadığını hissetti.

Ne hissettiğini söyleyemedi, söylediği ve yaptığı her şeyi düşündü.

Son üç gün içinde yaptığı ve yapmasına izin verdiği şeylerde, güven ve özen sözleriyle, ona verdiği zevk ve acıyla.

Bilinçsizce tekrar dudağını ısırarak kıvrandı.

Kızarıklığı yüzünü doldurdu, utanması ve aşağılanması diğer tüm duyguları ele geçirdi.

Hâlâ onun öfkesinden ve bu sözde oyunun onun için gerçekten ne anlama geldiğinden biraz korkuyordu, ama aynı zamanda onun ona olan sevgisini de hissetti.

Neredeyse bir baba figürü gibiydi, katı ve sertti ama kendini onun kollarına bu şekilde sararken sevecendi.

Yaptıklarını göz önünde bulundurarak onu bu şekilde düşünmesi ve ona bunu yapmaya devam etmesine izin vermesi yanlış mıydı?

Sadece şakalarını kabul etmekle kalmadı, onları cesaretlendirdi.

Bu onun orgazm çığlıkları atmasına neden olmuştu, ama kendisininkini aramamıştı.

Hissettiği şeyle aklı karışmıştı.

Bunu onun için yapmak istediğini hissetti, ondan kaçmak için hissettiği güçlü ihtiyacın aklının bir köşesine itti, o anda onun sözlerini, ilgisini, güvenini ve Aşk.

Onun tarafından becerilmenin ve onun boşalmasıyla dolmanın nasıl bir şey olacağını hayal etti ve onun güçlü sert vücuduna bastırarak kollarında kıvrandı.

Onun artan mazoşist ihtiyaçlarını beslerken ona söylediği her şeyi düşündüğünü bilerek yüzünü izleyerek onu kucağına alarak oturdu.

Dudağını ısırıp kızardığını görünce gülümsedi.

Bu güzel küçük kıza, bedenine ve ruhuna sahip olması, onun acısına daha fazla katlanması ve onun için acı çekmesi gerekiyordu ama onun isteyerek yanına gelmesi gerekiyordu.

Düşünceleri daha da karardı ve planını bir kenara bırakıp vücudunu hemen şimdi ona sahip olmak ve onu hizmetine zorlamak için tüm iradesini alıyordu.

Kararlılığını kaybetmeden önce hayal kırıklığını gidermek için şirket fahişelerinden birini bulmaya karar verdi.

Poposuna hafifçe vurarak onu uyandırdı:

"Küçük sürtük, bu sabah işe yaramaz bir kişisel asistandın, o yüzden masana dön ve işine devam et. İhtiyacım olursa seni ararım."

Oyuncak kısaca vızıldayarak kızın nefesini tuttu ve anlamını çok net bir şekilde anladığında gülümsedi.

Karmaşık bakışlarını ve parıldayan ıslak kalçalarını görünce gülümseyerek kucağından kalkmasına yardım etti.

"Kendini temizlemek için benim banyomu kullanabilirsin küçük sürtük ama oyuncağı olduğu yerde bırak." Ona kısa bir bakış atarken gülümsedi.

"Eğer seviyorsam."

Aceleyle banyoya gidip aynada kendine bakarken, onunlayken kızarmayı bırakıp duramayacağını merak etti.

Makyajını çabucak düzeltip ona verdiği zevkin kanıtlarını silerek, kızarmış kıçını görmek için döndüğünde yüzünü buruşturdu.

Banyodan çıkarken, adamın tek kelime etmeden çıktığını gördü ve onun sürekli varlığı olmadan garip bir şekilde yalnız hissederek masasına döndü.

BAŞKALARININ ÖNÜNDE MARUZ KALMIŞ

Birkaç saat sonra, adam rahatlamış ve ona parlak bir şekilde gülümseyerek geri gelmeden birkaç dakika önce oyuncağın tekrar vınlamaya başladığını hissetti.

Onu görünce yüzündeki gülümsemeye geri döndü, omzunun üzerinden bilgisayarına bakarak arkasına geçti ve iki elini göğüslerinin üzerine koydu ve yumuşakça inleyene kadar onları sıktı.

"Çok mu çalışıyorsun benim küçük kölem?"

Cevap veremeden önce, Alan'ın ön bürodaki bomba gibi sarışın Anne ile yanında olduğunu izledi.

"İyi günler Bay Clarkson," Susan gülümsedi, yüzünü kaplayan kızarma çok şey söylese de, Efendisinin ellerinin hâlâ göğüslerini yoğurduğu gerçeğini görmezden gelmeye çalışarak.

"Susan tatlım, bu sabah seni özledim, umarım bir sorun yaşamamışsındır."

Görünüşe göre her zaman coşkulu Alan Clarkson göz kırptı ve kıkırdadı:

"Anne artık benim kişisel asistanım ve onu yeni rolünün gerektirdiği her şey konusunda düzgün bir şekilde eğitebilmem için onu birkaç şey için alışverişe götürmem gerekiyor."

Susan'a gülümsedi.

"Robert senin için de bir şeyler istiyor, şanslı kız ama bazı boyutları ve ölçüleri bilmemiz gerekiyor. Görebildiğim kadarıyla eğitimin çok pratik oldu."

İyi huylu bir şekilde güldü ve Efendisinin ellerinin hâlâ küçük göğüslerini örtmesini izledi.

"Bir liste yapmak için ofisime gidelim."

Ustası Alan'la birlikte güldü, onu göğüslerinden tutup hareket ettirmek için hafifçe tokatladı.

Onu odanın ortasına götürerek, ona bakarak emretti:

"Susan, soyun da Anne doğru ölçümler alabilsin."

Tereddüt ederken ona sert bir bakışla baktı.

İnanamayarak dondu, oyuncak daha yüksek sesle vızıldayarak nefesini tuttu ve yukarı baktı ve adam bir kaşını kaldırdı.

Yutkundu, başını hafifçe salladı.

"ŞİMDİ Susan!" Ona bakarken gözlerinde öfke parladı.

Titreyen ellerle oynayarak eteğini indirdi ve ceketini ve bluzunu çıkardı, Anne'ye verdi, o da bedenleri kontrol edip notlar aldı.

"Sutyen de Susy, kirli külotlar şimdilik sende kalsın."

Öfkeyle ona bakmaya devam etti.

Onun sözleriyle utandı ve sutyenini çıkardı.

Soyunmayı bitirdikten sonra ondan uzaklaştılar.

İki adam listelerini sessizce tartışmak için Efendilerinin masasına gittiler ve onu uzaktan izlediler.

Anne, sonsuz gibi gelen bir süre boyunca, bilekleri, ayak bilekleri ve boğazı da dahil olmak üzere küçük vücudunun çeşitli yerlerine dokunup ölçümlerini yaparken, içeride mahcup bir halde neredeyse çırılçıplak ve titreyerek yatıyordu.

Oyuncak uğuldayarak onu ıslatırken ve meme uçlarını inanılmayacak kadar sert hale getirerek sarışın kadının elleri onu daha da fazla tahrik ediyor ve aşağılanmasına katkıda bulunuyordu.

Anne nihayet ayağa kalkıp mezurayı toplarken Alan sırıttı.

"Gel köle, alışverişe gidelim!" Susan gerildi ama Anne'yi kolundan tuttu ve omzunun üzerinden seslenerek onu odadan dışarı çıkardı. "Birkaç saat sonra görüşürüz Robert."

Susan'ın gözleri başka bir kıza yöneltilen köle kelimesiyle büyüdü ve onların gidişini izlemek için döndü.

Masasının arkasındaki yerde, kendisine yakın bir noktayı işaret ederek, yanına gelmesini işaret ederek, neredeyse çıplak olanın oracıkta çömelmesini izledi.

"Bütün gün o kirli külotu giymekten hoşlandın mı?"

Elini kalçasının üzerinde gezdirdi ve amını ıslaklığını hissetti.

"Usta Yok".

O gülümsedi.

"Pekala, onları çıkar ve bir dahaki sefere külot giymek istediğinde, nasıl hissettiğini düşün."

Gülümsemesi ciddileşti.

"Benim açık iznim olmadan bir daha asla küçük amını kapatan bir şey giymeyeceksin. Beni anlıyor musun köle? Yoksa rahatsızlığın çok daha kötü olacak, söz veriyorum."

Gözleri, onun tüm emirleri gibi bunun da pazarlık konusu olamayacağını anladığından emin olmak için onunkileri aradı.

Islanmış, kokmuş külotunu çıkararak, titreyerek ve çırılçıplak adamın önünde durdu, yavaşça nefes aldı ve fısıldadı:

"Eğer seviyorsam."

Kalçasını hafifçe okşayarak onu aşağı doğru itti, kucağına yatırdı, yumuşak bir sesle ama sesi keskin bir şekilde konuştu.

"Madem sen benim kölemsin, senden itaat edeceğin bir şeyi yapmanı istediğimde bu doğru kul mu?"

Ona cevap vermesi için zaman vermeden ve güzel kıçını okşayarak söylemeye devam etti.

"Kabul ettiğin şey buydu. Ancak bugün üçüncü kez kendimi seni cezalandırmak zorunda buluyorum."

Cevap vermesi için oda bırakmamıştı ve o inlediğinde gülümsedi.

"Senden soyunmanı istediğimde tereddüt etmen kabul edilemezdi, etrafta kim olursa olsun bana itaat edeceksin köle."

İğrenmesini anlatırken onun gergin olduğunu hissetti.

"Seni tehlikeye atmayacağıma güvenmelisin. Alan aynı zamanda bir Efendi ve Anne onun kölesi."

Sesine hüzün ve hayal kırıklığının girmesine izin verdi.

"Sana emrettiğimde soyunmayı reddetmen, sadece seni değil, efendin olarak beni de düşündü küçük köle."

Sesinin tonuyla irkildi, onu bir kez daha üzdüğü için utandığını fark etti, onu memnun etme ihtiyacı daha önce onu uyandırmış ve ondan af dilemek istemesine neden olmuştu.

Yalvarmasını dile getirmeye başladı ama susturdu.

"Kendini köle gibi hissetmeni anlıyorum ve seni tekrar cezalandırmak zorunda olmam beni üzüyor, ama senden istediğim her şeyde bana güvenmeyi ve itaat etmeyi öğreneceksin."

Utanç içinde inliyordu, hem de onun okşayan elinin neden olduğu ısıdan ve damlayan amının derinliklerinde vızıldayan oyuncağından.

Elinin kalktığını hissetti ve ona şaplak atacağını düşünerek kendini hazırladı, ama yerini ince bir çubuğun cildini okşadığı hissi aldı.

Sol eli onun amını okşamak için altında hareket ederken, içinden akan duygu karışımına daha fazla zevk kattı.

Adamın dokunuşuyla kıvrandı, ama asa etini ısırarak kıçına çarptığında ürkerek bir ciyakladı ve ayakları havada uçuşarak onun kucağına atlamasına neden oldu.

Parmaklarının onu kedi içine battığını ve klitorisini yerinde tuttuğunu hissetti ve tekrar bağırdı, nefesi ve iniltileri, kedisini parmaklamaya devam ederken ona iki kez daha vurduğunda acı veren miyavlara ve erotik soluklara dönüşüyor.

O gün yaptığı her ihlal için derisinde üç kırmızı dikenli iz belirdi.

Zalim asanın yerini bir kez daha eli aldığında teninde yanan yaraları hissedebiliyordu.

Acı ve uyarılmayla inleyerek kucağında kıvrılıp bükülmesine neden olarak acımasızca kıvırcık çizgilere çarparken parmakları bükülmüş ve şişmiş klitorisini çekiştirdi.

Kucağındaki küçük, tatlı, kızarmış vücuda bakıyordu.

Onun zevkini ve onun için ağlamasını izlerken neşesi ve heyecanı belirgindi.

O onun Efendisiydi, uzun zamandır gerçekleşmeyi bekleyen bir dilek.

Haftanın sonunda kölesi olarak yerini isteyerek kabul edecek ya da gerekirse zorla alacaktı, ama gitmesine izin veremeyeceğini biliyordu.

Tekrar alçak sesle ve homurdanarak konuştu:

"Efendin için gel küçük köle. Bana cezamı ne kadar sevdiğini göster."

Emriyle infilak ederken vücudu büküldü, kavis çizdi, gerildi ve titredi.

Aklı kaybolmuş, o gün üçüncü kez bir zevk ve acı bulutu içinde yüzüyordu.

Onun için çığlık attı ve kaçtı.

SUSAN İÇİN YENİ KIYAFETLER

Susan uyandı sersemlemiş ve kafası karışık , her zaman hâlâ çıplak .

o sarıldı kendisi üzerinde _ ile büyük _ köpük onun içinde doldurulmuş kanepe ustanın kollarında ofis . _ _

o tuttu sen nazik ve koruyucu biri gibi _ tatlı sevgili .

Ancak vücudu ona aksini söylüyordu ve çaresizce ağrıyan kaslarını germeye ihtiyacı vardı.

Yavaşça, kendini onun kollarından kurtarmaya çalıştı, sadece etrafında sıkılaştığını hissetmek için.

Vazgeçti, kollarını arkasında yuvarladı ve vücudunu gerdi, kasların itiraz ettiğini ve daha fazla acı çektiğini hissetti.

Onu izlerken gözleriyle buluştu.

Sonunda sarılmayı bıraktı ve bir kedi gibi gerilirken ellerini vücudunda gezdirdi.

"Sen bana aitsin." Basitçe söyledi.

Kalçasını hafifçe tokatla

"Geç oluyor küçük Susy, bir süredir uyuyorsun, seni eve götürmek için bir arabam var."

Ona nazikçe gülümsedi.

"Ben burada yapacak başka şeyler bulmadan önce giyinip eve gitsen iyi olur."

Gözleri büyüdü ve güldü.

"Eğitim için seni işe geç saatlere kadar tuttuğumu soran herkese söyleyebilirsin."

Ayağa kalkıp elbisesine bakarken gerçekten onun kırmızı yüzüne güldü.

Ürktü ve eteği poposuna sürterken bir huzursuzluk girdabı hissetti.

Kısa bir süreliğine saçını ve makyajını mümkün olan en iyi şekilde yapmak için banyoya gitti, sonra da masasının arkasına geçip atılan kirli külotunu aldı.

Elinde külot, itaatkar bir şekilde kendini tanıttı ve sordu:

"Gün için özür dilerim, efendim?"

Ona gülümsedi ve onu derinden öpmek için ayağa kalktı.

Dudaklarını dudaklarında hissettiğinde, öpücükten şaşırmış bir şekilde küçük bir çığlık attı.

İle sondaki her şey günler oldu , bu onundu ilk daha doğru öp ve onu erimiş İle birlikte o .

onları giydi ile onun öpücük olmadan masa _ _ ile kırmak .

Onunla masaya dikkatlice koydu . _ sen onların cep geri almak olabilir ve konuştu usulca :

"Evet, kölem, sonunda bugün senden hoşlandım."

Onunla alay ederken yüzünde bir gülümseme işaretinin geçmesine izin verdi.

" Git sonrasında fikrimi değiştirmeden önce eve düşünün ."

Kıçını okşadı ve inlemelerinden zevk aldı. Onu bırakıp ofisine geri döndü.

ben daha fazlaydım olarak memnun .

Ama biliyordu ne o değil beklemek olarak _ _ ertesi sabah uyandı . _
_

sordu _ eğer onu gününde cezalandırırsa _ _ _ _ _ ile uzak getirilmiş vardı .

Kendi kendine gülümsedi.

Onun içinde çok sevimliydi doğal teslimiyet ve yine de sen gün içinde bazen yürümek öyle görünüyordu _ kaldı .

* * *

Dediği gibi araba onları bekliyordu.

Sürücü arkadaş canlısıydı ve içeri girince ona yerel bir restorandan bir çanta verdi.

"Bay Robert, antrenmana geç kalmanızı sağlayacağı için size yiyecek bir şeyler getirmemi istedi."

Çantayı alıp teşekkür ederken, sürprize ve yanaklarından aşağı akan pembe renge gülümsedi.

Eve giden yol sessizdi.

Manzarayı gerçekten görmeden pencereden dışarı bakarken aynada ona baktı. Gözleri o gün hakkında düşüncelere dalmıştı.

Parmakları dudaklarına dokunurken gülümsedi, olan her şeyi düşündü.

Ve ne oldu, ertelenen öpücüğüydü.

Gerçek şu ki, ona yaptırdığı şeylerden zevk alıyordu, tek başına ya da erkek arkadaşıyla asla yapmayacağı şeylerden.

Ona verdiği her yeni deneyimin zihnini ve vücudunu heyecanlandırdığını kabul etmektense, "iyi bir kız" gibi davranmaya zorlanmayı seviyordu.

Ama tüm bunların arasında, onunla kalan öpücüktü.

Derin ve tutkulu öpücüğünün yakınlığı, onun vücudunu kışkırttığı, ona suçluluk ve utanç, muhtaç ve isteksizlik hissettiren zevk ve acı getiren otoriter ve sakin yolundan çok farklıydı.

Bir köle olarak yaptığının doğru olmadığını biliyordu ve bu geceye kadar hafta bitmeden ne kadar kötü olabileceğini merak etmişti.

Tekrar dudaklarına dokundu ama bir şekilde öpücük onu o kadar da kötü hissettirmişe benzemiyordu.

O öpücükte ona olan sevgisini ve tutkusunu hissetmişti.

* * *

o attı yatağına düştü ve yuvarlandı _ kendisi civarında , olarak sen sınanmış ile uyku .

"Onu ailesinin bir parçası olarak, neredeyse bir amca olarak tanıyarak büyüdü. Onun hoşgörülü, sade karısını severdi ve oğluyla arkadaştı!"

Örtüleri çıkardı ve baktı _ _ ile dolu Tavanda suçluluk ve utanç duygusu .

" nedir İle birlikte o oldu mu?"

o inledi onun eli gibi usulca _ Gövde henüz günü okşadı bir Zamanlar yaşadı , onun öfke , onun korkusu, onun hayal kırıklığı , onun ayıp _ _ arzu , sen ihtiyaç , o ile düşmüş ve nihayet öpücüğünün tutkusu .

_ _

O gün geldi _ _ _ dördüncü kez ve uykuya daldı Nihayet bir .

* * *

Uyandı ve duşa girdi . _ _ Suçluluğu ve utancı ona geri döndü.

Neredeyse işe gitmekten ve günün onun için neler sakladığını öğrenmekten korkuyordu. Kendini kötü hissetti ve başını sallamadan önce bir an hasta olduğunu söylemek için aramayı düşündü.

Banyodan çıkarken panik onu terk etti ve geç kalacağını anlayınca içinden küfretti.

Çabucak giyindi ve kapıdan uçmak için merdivenlerden aşağı koştu.

Bir gün önce kendini şoförünün kollarına bırakmak için dışarı çıktı.

o paketledi sen , olarak sen otobüse koştu . _

"Suzan"

o baktı yüksek .

" Sakin ol kızım . Bay Robert beni yakaladı. Bu sabah seni almaya gönderildi ."

Geri çekildi ve onu arabaya yönlendiren kapıyı açtı . _ _

o itaat etti itaat sersemlemiş onun varlığı hakkında .

Tırmanırken, yanındaki koltukta iki kutu gördü.

Bir tanesinde gülen yüzleri olan tarçınlı kurabiyeler ve en sevdiği meyve suyu vardı.

ve birinde daha büyük kutu bir taneydi ona not _ yönlendirildi .

O okur:

" Günaydın benim _ köle umarım iyi uyumuşsundur ben yaptım _ önce , senin üzerinde düşünmek dikkat edilmesi gereken en değerli hazine ama var hâlâ birçok ile efendinizi nasıl memnun edeceğinizi öğrenin _ _ olabilir . Genç ve güzelsin, annenin sana seçtiği eski moda iş kıyafetlerini giymemelisin. Hızlı bir kahvaltı yapın ve işe gitmeden önce bu kutudaki takım elbiseyi giyin. Sürücü için endişelenme, güven ve itaat et. Robert. "

Sürücünün omzuna dokundu ve _ _ _ _ _ _ Onları bir kafede veya _ bir yerde İle birlikte bir banyo Dur olabilir , ama başını salladı .

" Hayır . Bana konuyu açmamı söylediler . _ _ dur hanımefendi."

o reddetti kendisi geri ve ne yapacağını merak etti . _

İçeri girer girmez cezalandırılmak istemiyordu.

Kurabiyeleri ve meyve suyunu bitirdikten sonra, kutudan çıkardığı beyaz ipek bluzu giyerken ceketini göğsüne bastırarak arabanın bir köşesine atladı.

Sürücünün kendisine baktığını düşününce meme uçları sertleşti ve yumuşak malzemeyi itti, ama kontrol etmek için aynaya bakmak istemedi.

Kutudan koyu mavi pileli eteği çıkardı ve çıplaklığını gizlemek için öne eğildi.

Eteğini çıkardı ve yerine yenisini koydu.

En iyi şekilde görünmek için giydiği bluz ve etek yerine bluz ve pilili eteği giymişti.

Kutudan küçük bir ceket çıkardı ve yanındaki koltuğa koydu. Boş olduğundan emin olmak için kutuyu kontrol etti.

Uyluk yüksek beyaz dantel çoraplar ve daha küçük bir not buldu...

"Çoraplarını giyerken eteğini kaldır, şoför sana kıyafetinin son parçasını verecek. Güven ve itaat et küçük köle. Robert."

Utanarak, onun muhtemelen onun değişimini izlediğini düşündü, bu yüzden eteğini yukarı kaldırdı ve çorapları yerine geri çekti, lastik uyluklarını gerdi.

Sürücü aynada gülümsedi ve ona takım elbiseyle uyumlu bir çift lacivert yüksek topuklu ayakkabı verdi.

İle birlikte kırmızı yüz alınmış onun ayakkabıları _ İle birlikte bir nazik " teşekkür ederim " ve yere bırak onların boşluğa kıyafet _ kutu .

Arkasına yaslandı, ayakkabılarını giydi ve yolculuğun geri kalanında sürücünün bakışlarından kaçındı.

* * *

Arabadan inip takım elbise ceketini giydiğinde, geniş yakalarının yuvarlak göğüslerini çevrelediğini ve alttaki iki düğmenin küçük kalçalarını genişletmek için onu belinden çektiğini gördü.

Çoraplarının üstünü zar zor kapatan kısa pilili eteği düzeltti ve arabaya doğru eğildi.

Çıplak poposunun çok geç görüneceğini fark ederek eski kıyafetlerinin kutusunu kaptı ve şoförün yüzündeki gülümsemeyi görmezden gelerek hızla binaya girdi.

Gezi için teşekkür etti ve iyi günler diledi.

* * *

Masasına ulaştı, çantasını ve kutusunu onun altına sıkıştırdı ve bir aramayı bitirdiğini fark etmesini beklemek için sessizce ofisine yürüdü.

Hafifçe gülümsedi ve masasının önündeki bir noktayı işaret etti.

Gergin bir şekilde topuklarının üzerine bastı . sen ofise devam etti .

önünde durdu o onun etrafındayken _ _ yazı masası dolaştı ve o sessizce denetlendi .

eli hareket etti kendisi üstünde onların uyluk ve altı onların ona kısa etek eşek ile topla ve git sıkmak . _ olduğunda gülümsedi _ sen dudağını ısırıp kapattı _ _ nefes geldi .

"Pekala, küçük kölem, beni itaatinle memnun ettin. Bu, Alan'ın kölesinin dün senin için seçtiği kıyafetlerden biri, beğendin mi?"

"Ah evet, Usta. Teşekkürler."

Elleri güzel göğüslerini kavradı ve dik kumaşın içinden göğüs uçlarıyla oynadı ve onları ok uçları kadar sert yaptı.

"Ceketini çıkar."

Etkileyici gözlerini izleyerek, tutuşunu sıkılaştırdı ve ceketini çıkarırken parmaklarının arasındaki sert düğmelere bastı.

Nefesi kesildi, gözleri büyüdü ve içinden bir inilti kaçtı.

" Böyle sevimli küçük kaltak , benim Sürücü çok etkilendi ."

Gözleri onun üzerinde gezindi.

"Ben vardı doğru , bu kıyafette olabilirsin _ _ yaramaz okul kızı uygula ."

Bir adım geri attı , eğildi kendisi rasgele masanın üzerinde ve gördüm için , nasıl kızardı . _ _

"Köleyi soyun, ayakkabı ve çorap hariç her şeyi. Günümüze başlamadan önce giymeni istediğim başka şeyler de var."

O soyunurken ona dönerek, tokat atmadan ve hırlamak için kulağına eğilmeden önce nazikçe poposunu okşadı:

"Usta, popondaki pembe allıktan hoşlanır."

O inleyene kadar kıçını sıktı, sırıttı ve tekrar tokatladı.

Kolundan tutarak onu masasının etrafından dolaştırdı ve otururken yanına yerleştirdi.

"Diz çök, köle."

Onu izlerken diz çöktü.

"Burası bir köle için doğru yer ve bunu bugün iyi öğreneceksin. Bana geldiğinde her zaman diz çökeceksin."

"Evet kesinlikle"

Bir çekmeceyi açıp ona dönmeden önce birkaç altın zincir çıkarmasını izledi.

Yumuşak ama sert konuşuyordu.

"Benim için giyeceğin, elbise olmayan şeyler var. Ellerini boynunun arkasına koy ve orada tut." Ellerini boynunun arkasında hareket ettirip parmaklarını birbirine bağladığında, yüzünün şaşkınlıkla dolduğunu gördü.

Eleştirel bir şekilde pozisyonunu gözden geçirdi ve dirseklerini geri çekmek için uzandı, onun kendisine doğru kavis yapmasına ve göğüslerini öne doğru itmesine neden oldu.

Onu sertçe okşayarak ve meme uçlarını daha fazla tutamla alay ederek tekrar konuştu.

"Henüz bunları delmenizi istemeyeceğim, ama keşke düzgün bir şekilde dekore edilselerdi."

Bir zincir seçti ve meme uçlarını çekerek zincirin her iki ucundaki küçük halkalardan geçirdi.

Cilde zarar vermeden zinciri tutacak kadar güçlüydüler.

Zinciri çekti ve sol memesine tokat attı, onun inlemesine ve gözlerinin dolmasına neden oldu.

Göğsü şişerken zincir bağları meme uçlarının etrafında sıkılaştı.

Göğüslerini birkaç kez okşadıktan sonra, zinciri tuttu ve sıkıca çekti, zincir gevşemeden önce göğüslerinin etini gerdi.

İnledi, titredi ve iğneden gözyaşları yanaklarından aşağı süzüldü.

Kuyruğu ona bakarken seğirdi.

İşlemi tekrarladı, beş farklı zincir denerken meme uçlarını kabaca sıkıp sıktı ve göğüslerini tokatladı, farklı bir zincir denerken meme uçlarını güçlü çekimlerle çekti.

Sonunda seçtiği kolye, her bir tokatında şıngırdayan halkalardan sarkan küçük çanlarla süslenmişti.

Şimdi duruşunu bir kez daha düzeltirken acıdan gözlerinde yaşlar vardı.

Ayakkabısını dizlerinin üzerinden atmak için kullandı ve homurdandı.

"Uyluklarını aç küçük kaltak , sana verdiğim acının tadını çıkarırken amının parladığını görmek istiyorum."

Yüzündeki kızarma, göğsü kabarırken göğüslerini kaplayan kırmızı el izleriyle neredeyse eşleşiyordu.

Kedi spazmını hissetti ve sözlerine daha da fazla damladı.

"Bundan nasıl zevk alabilir?"

Göğsü dövüldü önceki ısı ve ağrı .

"Bir şey olmalı benimle değil _ katılıyorum bu normal değildi hiçbiri yoktu nazik okşamak veya endişeli görünüyor arasında onları . Sadece emirler , itaat , acı ve zevk ."

O düşünceler kaçtı dönüş ile için Önceki günün öpücüğü ve dudakları titredi _ bir arada İle birlikte o olarak vücut _ sen sahip oldukları duyguları hatırlamakta _ _ _ keçe vardı , titredi .

itti _ onun ayakkabısı karşı onların amcık , ovuşturdu onun ayak parmağı altında için onunki deri _ şişmiş klitoris ve testere için , nasıl o nefes nefese kilo aldın ve sen Gövde ne yapacağını titredi o küçük _ _ yol açtı zil mutlu üstünde onların yaralar kızarmak memeler çaldı .

onun sıcaklığını hissedebiliyordum _ _ _ Gözler _ olarak görmek onların kalçalar üstünde ayakkabısını yuvarladı ve onu _ ovuşturdu .

Sert deriyi şişmiş klitorisine ve damlayan deliğe sürterek, amıyla oynamaya devam etti.

Vücudu dalgalanmaya devam etti, zevk için kalçalarını onun ayakkabısına dayadı.

Parmaklarını saçlarının arasından geçirdi, başını geri çekerken büktü ve dudaklarını neredeyse nefes nefese ağzına bastırmak için eğildi ve sert bir şekilde fısıldadı:

"Efendinin zevkine gel, acıdan hoşlanan küçük kaltak. Sen benimsin."

Kadının, onun uyluklarını ve ayakkabısını kaplayan cum ile çığlık atmadan önce, gerilerek ve titreyerek ayakkabısına karşı daha sıkı bir şekilde kavis yapmasını izledi.

dizlerinin üzerinde çok güzeldi önceki o ."

onunkine baktı _ _ kuyruğundan daha gözleri _ _ acı verecek kadar sertleşti ve pantolonuna takıldı .

Elini saçlarında tuttu ve sakinleştiğinde onu okşamak için güçlü tutuşunu gevşetti.

Titreyen bacakları, poposunu topuklarının üzerine oturtmak için kavis çizdi.

Koşudan kurtulunca ona dedi ki:

" Ayakkabımı temizle . Köle " _

Nasıl olduğunu görünce _ sen kendisi elini sıkıca saçlarına götürdü _ ile kaldırarak , başını aşağı itti _ _ aşağıda .

"Dilinle küçük kaltak, ne kadar tatlı olduğunu tat."

Başını hayranlıkla ve gülümseyerek ayaklarına eğdiğini izledi.

Burnu hoşnutsuzluktan kırıştı ve ayakkabısının suyunu yalarken yüzü parlak bir şekilde kızardı.

İşi bittiğinden emin olana kadar onu ayakkabısına dayadı.

Ayaklarını itti ve topuklarının üzerinde yükselirken, meme uçlarındaki çanlar tatlı bir şekilde çınlarken bir kolunu tuttu.

"Bugün köle meşgulsün, bu yüzden sahip olduğun azgın orospu gördün."

Kıçına bir tokat atarak sözünü kesti, sonra arkasına yaslandı ve bluzunu şimdi süslenmiş göğüslerinin üzerine iliklerken izledi.

Göğüs uçlarını şeffaf ipek üzerinde nefis bir şekilde patlatan zincir, altından çanlar açıkça görülüyordu.

Açık çekmeceye bir göz attı, kullanılmayan zincirleri cebine koydu ve işi bittiğinde ayağa kalkıp incelemeden önce başka bir eşya aldı.

Zincirli meme uçlarını ipekler arasında sıkarak, parmaklarını bırakmadan ve baş aşağı çevirmeden ve kıçını tekrar tokatlamadan önce onu masasına çekti.

Bu sabah ona yağdırdığı sürekli acı ve ısıyı çekerken inledi ve gözlerini tekrar ıslattı.

Bu sabah başka bir şey kullanacağını ve kendisine verdiği görevleri ne kadar çabuk tamamlarsa, onu ondan o kadar çabuk alacağını açıklayınca titredi.

Küçük pembe plastik bir nesneyi yüzünün önünde taşırken merakla izledi.

Bu, küçük bir havuç şeklindeydi ama nerede kullanacağını açıklarken merakının yerini korku aldı.

Sırtındaki elinin altında kıvrandı ve bacaklarını onunkilere bastırdı.

Sert sikini pantolonunun içinde hissedebiliyordum.

Güçlü tutuşu onu daha nazikçe okşamak için gevşerken, onun sahip olduğu görüntüleri zihnini doldurdu.

Sesi onu sakinleştirmek için kulağına tatlı bir şekilde fısıldadı.

Gözlerine sızan korkuyu görünce neredeyse durdu, ama bu sabah istediği her şeye itaat etmekte çok başarılıydı.

Ondan isteyebileceği hiçbir şeyin kendisine yasaklanmadığını bilmesi gerekiyordu, bu yüzden kulağına eğilip fısıldadı:

"Sen kölem, bunu giyeceksin çünkü ben senin efendinim ve bu hoşuma gidiyor."

Kıçının yumuşak tenini okşarken eli oyuncağı masanın üzerine koydu.

"Küçük köle, efendini memnun etmek istiyorsun, değil mi?"

Onunla iğrenç bir evcil hayvan gibi konuşuyor ve okşuyordu.

Onun her parçasına sahip olma, ona hükmetme ve ona tamamen sahip olma ihtiyacını fısıldıyor.

Elini hareket ettirdi, kıçının pembe etini okşadı ve parmaklarını ıslak küçük amının üzerinde kalçalarının arasında gezdirdi. Yavaşça kalçalarını okşayarak, suyunu tekrar sürerek, ama bu sefer poposundaki karanlık, çarpık deliğin üzerinden geçerek onu kışkırttı.

Oyuncağı yüzünün önüne kaldırdı ve fısıldadı:

"Bunu kullanacaksın köle, benim için efendin."

Oyuncağı ıslak amının üzerine yuvarladı, onun boşalmasıyla kapladı ve sonra kıçına bastırdı.

Onun gergin ve sıkılı halini izlerken, elini sırtından kaldırdı ve hafifçe sırtına vurdu.

"Rahatla küçük köle, efendine güven."

Küçük saplamayı daha da sıktı ve anal yüzüğü yavaşça etrafında gerilirken izledi.

hissetti _ dalgalar daha çelişkili kendi içinde duygular yükselmek .

onun olduğu için lütuf teslim edildi , ısırıldı sen kendini dudakta ve nasıl olduğunu biliyordu onun için sıcaktı .

Delici parmakları ısındı _ onların duyarlı kedi olarak tekrar _ sen diğer elini onunkinin üzerinde hissetti _ _ eşek oynadı .

Fısıltısını duyduğunda titredi ve sert horozunu kalçasına karşı hissetti.

O oyuncağı alıp onu kedi ve kıçıyla daha fazla oynarken, daha fazla dayanamayana kadar inledi ve kalçalarını tekrar hareket ettirdi.

Fişi kıçına geri ittiğini ve ona doğru bastırdığını hissetti.

Gerildi ve ona vurdu.

Gözlerini kapadı ve derin bir nefes aldı, kıçının sikilmesi gibi garip bir hisle miyavladı.

hissetti _ onun içinde çok büyük hissediyorum ama _ sen böyle olmadığını biliyordu . _ _

onun düşünceleri sallandı sıcaklık arasında _ onların nemli kedi ve dem çok acı değil ama _ canlandırmak ona karşı hissetmek eşek , olarak kendisi o Fişin etrafındaki anal halka yerinde tutmak için sıkılmış _ tutun

.

Fişin ona sızlanan kıza doğru kayboluşunu izlerken homurdandı.

Fişi takarken yüzünü görmek için can atarak, eteği sırtını örtecek şekilde onu kaldırdı.

Islak gözlerle ona bakarken yanaklarındaki kızarıklık parladı.

Kıçına bir tokat attı ve yüzünü kaplayan duyguları izlerken onunla oynamak için fişi parmaklarıyla tuttu.

Titreyen dudaklarını öpmek için eğilirken yumuşak yüzüne gülümsedi.

"Bu sabah beni çok mutlu ettin kölem. Ama seni uyarıyorum, bu senin için oldukça uzun bir gün olacak. Bu yüzden bu gece için bir planın varsa iptal etmelisin. Bir özür düşün." Ona gülümsedi.

"Ayrıca, olağanüstü ve benzersiz becerilerine ihtiyacım olduğu için ailene benimle bir iş ortakları yemeğine katılacağını söyleyebilirsin."

Dudağını ısırdığını ve kıçındaki fişle oynadığı ve sözleriyle amını sıktığı için kızardığını duydu.

"Onu sevdi!"

Öpücüğü onu memnun ettiğinde nasıl hissettiğine şaşırdı.

Penisini fırçalamak için öne çıktı ve her gün kullanmasına izin verdiği oyuncaklar yerine onu içinde hissetmeyi ne kadar çok istediğini fark etti.

Bunu fark etmesi yanaklarının daha da yanmasına neden oldu ve düşünceleri adamın emir veren tonunu taklit etti:

"Sen, küçük Susy, onun fahişesi oldun."

Dünün hayal kırıklıkları karşısında onu memnun etmekten kendini alamadı.

Onu nasıl memnun ettiğinin utancı ve aşağılanması bir an için üzerine geldi.

Başını çenesine dayadı ve gözlerinin içine baktı, çelişkili duygularını gördü, gülümsedi ve onu derinden öptü.

Tekrar eridi.

***

Garip bir şekilde masasında otururken anne babasını arayıp iş yemeğine gideceğini, işten sonra kahve içmek için buluşabileceğini düşündüğü bir arkadaşını ve hafta sonu için çoktan bıraktığı erkek arkadaşını aradı.

Bu yüzden telefon görüşmeleri çabucak sonlandırıldı ve efendisine haber vermek için bir anlık mesaj gönderdi.

Onu ofisine geri çağırdı ve odaya girdi, kapıyı arkasından kapattı ve önünde durmak için diz çökmeden önce masasına yürüdü.

Kontrol etti ve devam etmeden önce pozisyonunu ayarladı.

Kölelere diz çökme pozisyonunu anlatırken dikkatle dinledi: dizler açık, eller arkada, kafa hafifçe ona doğru eğik, dudaklar aralık.

Kölelerin diz çökmeye çok benzeyen, poposu topuklarının üzerinde oturarak dizlerini dinlendirmesine izin veren oturma pozisyonunu açıkladı.

Dizlerinizin üzerinde veya ayaktayken yüzünüze bakmanız istense, ellerinizi boynunuzun arkasında kenetler ve dirseklerinizi ve omuzlarınızı eskisi gibi geri çekersiniz.

Ondan bunu uygulamasını ve tek kelimelik bir emirle diz çökmesini, oturmasını veya geri kalan günlerin işlerini anlatırken kendisiyle yüzleşmesini istedi.

Ofisindeki toplantı odasında kulübünden bazı arkadaşlarla geç bir öğle yemeği olacaktı.

Bugün yemek pişirmek veya servis yapmak zorunda kalmazsınız, ancak diğer zamanlarda bu sizin görevlerinizin bir parçası olur.

Bugün onun emirlerine uymakta tereddüt etmemesi gerektiği ya da cezaların dün yaşadıklarından çok daha büyük olacağı konusunda onu sert bir şekilde uyardı.

Ürperdi ve fısıldadı:

"Evet usta".

"Bana güveneceksin küçük Susy, sahip olduğum tüm mal varlığımın en değerlisi sensin."

Gözlerinin içine baktı ve gözlerinin şaşkınlıkla büyüdüğünü gördü.

"Evet köle, sen benim malımsın. Sen kıymetli bir hazinesin ve bana aitsin."

onun beyni çığlık attı o :

"Bir hafta Kabul ettim , bu bir oyundu !"

onun düşünceleri döndü kendisi : " hatırladı kendisi Değil bir Zamanlar hafta için onayını hatırlamak _ için İfade getirilmiş ile sahip . Buna nasıl razı oldu? Onu sonsuza dek kölesi olarak tutmak istiyormuş gibi konuştu!"

Ağzı derin, tutkulu bir öpücükle onunkinin üzerine inmeden önce yüzünde artan korku duygusu ortaya çıktı.

O öpücükte onun özlemini, ona olan ihtiyacını, sevgisini hissedebiliyordu ve zihninde eriyip gitti, onu sorgulamayı bırakıp hafta sonuna kadar konuşacaklarına söz verdiğini hatırladı.

sözünü kesti onların öpücük , gül dizlerinin üstüne çöktüğü yerde _ nefes nefeseydi ve döndü ona _ _ masa .

koydu _ birçok Onun kenarındaki dosyalar masa , yani sen sen bazı yöneticilere kişisel olarak _ dağıtmak olabilir ve sırasıyla _ _ sen düzenlenmiş vardı , aynı zamanda bir liste İle birlikte farklı tamamı için görevler İnceleme dahil şirket . _ _ öğle yemeğiniz için yemek hazırlamak için.

Ona anlattığı her şeyi aldı ve yumuşak bir sesle:

"Evet, Usta," sözünü bitirmiş gibi göründü ama aksi söyleninceye kadar olduğu yerde kaldı.

Saatine baktı ve önerdi:

"Acele etsen iyi olur küçük köle, eğitim planladığından daha uzun sürdü ve misafirlerim gelmeden daha yapacak çok işin var."

Aniden işine döndü ve kadın ayağa kalkıp dosyaları ve listeyi almadan önce kafası karışmış bir an için diz çöktü ve görevleri ve bunlara en iyi nasıl yaklaşılacağını sıralamak için masasına döndü.

Ofisinden ayrıldığını bildirmek için ona bir anlık mesaj gönderdi.

"Acele et köle. İki saatin var. Oyalanma, çünkü her on dakikada bir geç kalırsan seni cezalandırırım."

Bu cevap mesajını ekranına attı ve aceleyle uzaklaştı.

Yeni, ortalamanın üzerinde topuklu ayakkabılarının kalçalarını daha fazla salladığını ve pilili eteğinin her adımda yuvarlanıp zıpladığını fark etti.

Zillerin çalmaması için dosyaları göğsüne bastırdı.

Kendini olabildiğince uzun süre korumak için dosyaları teslim etmeden önce neredeyse mutfağa ve diğer ev işlerine uçacaktı.

Mutfakları ve diğer küçük, gerçekleştirmesi kolay işleri kontrol ederken gülümsedi ve az konuştu . Üzerinde kullandığı zincirin ve bağlayıcının hâlâ keskin bir şekilde farkındaydı ve bacaklarının arasında sürekli olarak hissettiği ısının herkes tarafından görüleceğinden endişeleniyordu. kişi, onları gören herkesin.

Memnuniyetle saatini kontrol etti ve sonunda yöneticilere kişisel olarak dosya ve notlar vermeye başladı.

Eteğinin ne kadar kısa olduğunun ve zincirlenmiş sütyensiz göğüslerinin üzerindeki üst kısmının ne kadar ince olduğunun farkında olarak, dosya alıcılarının gözleri üzerinde gezindiğinde veya çok uzun süre üzerinde oyalandığında öfkeden kızardı.

Dosyaları göğsüne bantlı tutmaya çalıştı, ancak çoğu zaman onları masaya koymasını ve ne getirdiğini kontrol edene kadar beklemesini istediler.

***

Gözünü saatine dikmesine rağmen, Alan Clarkson'ın ofisindeki son görevine ulaştığında masasına dönmekte geç kalacağını fark etti.

Susan, Anne'nin masasında kendisine gülümsediğini görünce kızardı ve bir adım daha yaklaştı.

"Güzel kıyafet için teşekkürler Anne . Mükemmel bana ." Susan neredeyse fısıldadı.

Anna mutlu bir şekilde kıkırdadı.

"Sana ne kadar yakıştığını görüyorum! Ah, tatlım, bence harika, ama sana çok yakışacağını çoktan hayal etmiştim. Efendiye burada olduğunuzu, onun da görmek istediğini söyleyeyim!"

"Onun için bir dosyam var."

diye bağırdı, sarsıldı, Anne'nin de bir köle olduğunu fark etti.

Susan ona nasıl giyindiğini fark ederek daha eleştirel gözlerle baktı.

"Harika. Yani bir ziyarette iki şey yapıyoruz," diye göz kırptı, ekrana bir anlık mesaj yazarken tekrar gülerek cevap bekledi.

Cevabına güldü ve iki hedef arasındaki benzerlikten hoşlandığını açıkladı.

Masasının arkasından çıktı ve Susan'ı Alan Clarkson'ın ofisine götürürken kolundan tuttu.

Alan masasının arkasından çıktı.

" Dosyayı bana ver ve sana bakmama izin ver Susan, tatlım."

Dosyaya uzanan aç bir kurt gibi ona baktı.

Derin bir şekilde kızardı ve dosyayı ona verdi.

Bir "hmm" sesi çıkardı ve onu daire içine aldı.

"Kendine göster küçük Susan."

Gözleri büyüdü ve şaka olsun diye yüzüne baktı, ama bir tane göremedi, bu yüzden duruşunu genişletti ve ellerini ensesine kaldırdı.

"Ooh çanlar, ne güzel. 'Suzan'ı için çanlar' istediğini biliyordum."

Yüksek sesle güldü ve Anne'nin kıçına tokat attı ve şöyle dedi:

"Sana söylemedim!"

Ne yapacağını bilemeyen ve itaatsiz görünmek istemediği için, bu Üstat onu izlerken onun yerini almak için geri dönmeden önce dondu.

"Zıpla Susan, çanları istiyorum duy ."

Atladı ve devam etmesi için elini salladı.

Denedi, ama topuklarının üzerinde sallanıp eteği inip kalkarken yüzünü buruşturup altındaki çıplaklığını ortaya çıkardığı için sıçramaları küçüktü.

Elini uzatana kadar neredeyse bir anda düşüyordu. ve onu desteklemek için kolundan tuttu.

"Teşekkürler Bay Clarkson." Nefesi kesildi.

"Biliyorsun Susan, uzun zamandır gördüğüm en renkli oyuncu göğüslere sahipsin. Göğüs uçlarını delmeyi düşünmelisin. Göğüslerin efendine daha da lezzetli ve karşı konulmaz görünür." Alan onu incelerken çok ciddi söyledi.

Konuştuğunda solgunlaştı.

Hızla Anne'ye dönerken onun gözlerindeki bakışı görmüş olmalı.

"Gömleğini çıkar ki Susan seninkini görebilsin."

Susan'a döndü.

"Şirkete katıldıktan kısa bir süre sonra bunları yaptırdı."

Susan daha da kızarırken Alan'ın gözleriyle buluşamayan sarışın kadına baktı.

Anne, büyük göğüslerini örtmeyen ama onları bir raf gibi destekleyen bir sutyen giydi.

Göğüsleri, meme uçlarından sarkan geniş ve uzun altın küpelerle süslenmişti.

Susan, Alan parmağını sol halkaya takıp onu kaldırarak göğsünü bir koni şeklinde genişlemeye zorlayarak Anne'nin gırtlaktan inlemesine neden olana kadar dondu kaldı.

Alan dudaklarını yaladı ve gülümsedi.

"O çok güzel, değil mi Susan?"

"Evet, Bay Clarkson."

"Dediğim gibi karşı konulmaz ama oynayabilmek için hepimizin çalışması gerekiyor." Ona bulaşıcı bir şekilde gülümsedi ve göz kırptı, "Masanına koşsan iyi olur Susan, efendin seni bekliyor olacak eminim. Ona bugün öğle yemeğinden önce dosyaya bakacağımı söyle. Orada görüşürüz. "

Kıkırdadı ve onu geri gönderdi, hâlâ altın yüzük için sızlanan Anne'ye tutunuyordu.

"Evet, Bay Clarkson," dedi Susan dönerek ve neredeyse ofisten koşarak çıktı. Kapıyı arkasından sessizce kapattı.

Sakinleşmek için derin bir nefes aldı ve aceleyle Ustasının ofisine geri döndü.

Masasına dönerken durmak ya da kimseyle konuşmak istemedi. Başı eğik yürüdü, kızarmasını gizledi ve şıngırdayan göğüslerini gizlemeye çalışmak için öne eğildi.

Rekor bir sürede masasına geldi ve geri döndüğünü bildirmek için ona bir anlık mesaj gönderdi.

CEZA ODASI

Onu hemen aradı.

Ofisine girdi ve kapının hemen dışında dizlerinin üzerine düştü.

Ayağa kalktı ve odanın girişinde ona yaklaştı. Havladı:

"Beni takip edin. Geç kaldınız."

Ayağa fırladı ve arkasından bitişik bir odaya koştu, sadece birkaç adım arkasında.

Bu odanın tuhaf bir dekorasyonu vardı.

o döndü etrafına bak

" Soyun , ama _ _ Berabere senin Çorap giy ."

Bunu hızla takip etti emirlerinin çağrısı , itaat etti o olmadan düşünmek , kalmak çanlar çalarken çıplak ve titriyor _ _ onların memeler çaldı .

O dikkat odaklanmış onun üzerinde _ _ _ sen onu bir gördüm _ _ Çekmece açıldı ve içeri beyaz korse çıkardı .

Arkasına geçerek korseyi vücuduna doladı ve beline sıkıca bağlamaya başladı.

Kupa yakaları, oyuncu göğüslerinin kıvrımını takip ediyor ve meme uçlarının hemen altında sona eriyordu.

Altın zincirin ve çanların üzerinde küçük, sert, zincirlenmiş pembe tomurcuklar yükseliyor ve iniltilerine kendi güzelliklerini ekliyordu.

Bu sırada hala duvarı görmeden baktı ve sonra ellerine odaklandı. Onu bağlamak için kullandığı korse hissini takdir etti.

İşi bittiğinde kıçını tokatladı.

Onu bir oyuncak bebek gibi kaldırıp fırlatıp odanın tuhaf mobilyalarının bir parçası olan dolgulu bir kirişe tutturduğunda acıdan çok şaşkınlıkla gıcırdıyordu.

Uzun boyluydu ve bacaklarından sarkıyordu, poposunu tekrar çarparken dengesini sağlamak için kirişe tekme attı.

Biraz uzaklaştı ve sordu.

"Seni bu kadar uzun süren ne küçük köle? Yeni kıyafetlerin ve aksesuarlarınla ne kadar harika bir fahişe olduğunu tüm yöneticilerin görmesi için boşa zaman mı harcadın?"

İnledi ve daha da kızardı.

O yüz oldu eli onun üzerindeyken kızıl _ popo basılı oldu .

Parmakları kalçalarını açıp onu okşarken onun hareket ettiğini ve ona sürtündüğünü hissetti.

O, kıçına bakıp daha da kızarırken, omzunun üzerinden ona baktı, onu memnun etmemesine ve onun sözleri karşısında eğilmesine neden olduğu savunmasız pozisyona duyduğu aşağılama.

Sıkı korse yüzünden nefes alması zordu, bu yüzden inlemeye ve inlemeye başladı.

Elleri kalçalarını ayırdı ve titreyen ve kıçı onu sıkan inatçı oyuncağa baktı.

Ellerini onun pürüzsüz teninde gezdirerek, onun ona hükmedeceği ve istediği gibi eğleneceği gerçeğinin keyfini çıkardı.

Parmakları fişle oynarken onun parıldayan ıslak amını izledi ve homurdandı:

"Bunu benim için kullanmaktan zevk aldığını görebiliyorum seni küçük sürtük."

Fişi hafifçe sıkarken sesi keskin bir şekilde konuştu, böylece anüsü yavaşça gözlerinin önünde uzandı.

Neredeyse nefes nefese inledi.

"Evet usta".

O mükemmel küçük vücudun görüntüsü ve sesinin tadını çıkararak gülümsedi.

Fişini çekerken onun ağlayan müziği kulaklarına, anüsünün halkasının yavaşça açılıp, sıkı bir karanlık yıldız gibi yavaşça büzülmesini izliyordu.

Parmağıyla tekrar alay etti:

"Her parçan bana ait küçük köle! Efendine hiçbir şey haram değildir."

Parmağı onun içine girdi ve ona karşılık olarak onun çığlığını duydu.

Ona olan açlığının zar zor kontrol edildiğini hissedebiliyordu, bu yüzden elini çekti ve hırıltısından uzaklaştı:

"Geç kaldığın için seni cezalandırmam gerektiğini anlıyorsun değil mi?"

"Evet kesinlikle."

Kıçındaki acıyı hissetti, dünkü kadar kötü değildi ama sallanıp sallanırken nefesini tutup yeniden kirişte dengesini kaybetmesine yetecek kadardı.

Dünyayı hissedebiliyordu, etinde bir karıncalanma yandı ve özür dilemeye ve mazeret söylemeye başladı.

Bir kırbaç darbesi daha vurarak onu susturdu.

Parmakları iki borunun üzerinden geçerken devam edin.

"Kırk beş dakika geciktiğine göre zamanını boşa harcamış olmalısın."

Kırbaç arka arkaya iki kez daha vurdu ve o ciyakladı ve kirişi seğirdi.

"Ve ekstralar için beş dakika ..."

kırbaç _ onunkine sert bir şekilde indi uyluklar .

o inledi İle birlikte gözyaşları _ _ yüz gibi bulanık _ delici kaynaklar yanan ağrı üstünde onların Gövde yayılan .

Yapabilirdi _ nasıl olduğunu gör _ onların kedi önceki ıslaklık parladı , bu yüzden kamçıyı kamçıladı arasında onların bacaklar ve daireyi ovuşturdu _ deri uç üstünde onların klitoris _

Nefesi kesildi ve titredi.

Titreyip inlerken bir parmağını kıçına bastırarak onunla oynamaya devam etti, kalçaları şişmiş klitorisine eli ve kırbacı arasında bastırdı.

En güçlü parmağını ona pompalamaya başladı, kadın direnip sıkıntı içinde miyavladığında ikinci bir parmak ekledi.

Patlayarak geldi ve neredeyse kirişten düştü, ama eli kıçına saplandı.

"Sen ne tür bir yaramaz kaltaksın? Acıyı nasıl seversin?"

Vücudunun spazmlarla seğirdiğini görünce parmaklarını ondan çekti.

"Efendinizin ne zaman gelebileceğinizi söylemesini beklemelisiniz, köle."

kırbaç _ delinmiş kendisi hâlâ bir kez onun içinde et ve o çığlık attı .

"Beni anlıyor musun köle?"

"Evet kesinlikle."

Kırbaç yine uyluklarında çok yakıcı bir acıya neden olurken uludu.

kirişten çekmeden ve dengesiz bacaklarına kaldırmadan önce bacaklarını çekip beline sardığı küçük elastik kumaş şeridini gördüğünden daha fazlasını hissetti .

Aşağı baktı, şerit cinsiyetini kapatacak kadar genişti ve ilk başta bunun bir kemer gibi olabileceğini düşündü.

"Göster köle," dedi ellerini beline yerleştirirken, her hareketiyle kalçalarını ve kıçını genişletip duruşunu ayarlarken.

Şimdi bunun bir tür etek olduğunu anladı.

Dolaba gitti, bir çift beyaz topuklu ayakkabı çıkardı ve giymesi için ayaklarının dibine koydu.

Parmaklarını renkli eteğinin altında görünen kırmızı kenarlı çizgiler boyunca gezdirerek onu daire içine aldı.

" Hala sende hiç böyle görülmedi nasıl Şimdi , Susie."

Eğildi ve hala sulu gözlerinin altındaki gözyaşı izlerini öptü ve yumuşak bir sesle konuştu.

"Mmm, küçük kaltağım, korktuğunu görmek hoşuma gidiyor, ama biz misafir bekliyoruz, o yüzden sağdaki ikinci kapıdaki özel banyoya git. Orada her zamanki makyaj markalarını bulacaksın. Yüzünü ve O'nu düzelt. saç."

Ona altın kaplı bir kurdele verdi.

" Bu kaseti tak . Hayır parfüm . Ve geri dön _ ile benim çalışma masası
"

Banyoya girdi ve boy aynasının önünde durdu.

" kim dır-dir onlar ?" var düşündü . "ne hakkında ' iyi _ kız ona olur _ _ o tüm hayatın ? _ fahişe nasıldı _ _ o kim ol aynada gördün mü ?"

o taşındı ve kıvrandı , _ _ sen eteğin onun olduğunu belirtti _ kedi veya onların eşek hiç Değil örtülü , ancak onların kaynaklar ve onunki ayakta uyarılma durumu vurguladı .

Bu bir oyun, diye düşündü, bunun bir oyundan çok daha fazlası olduğunu ve sadece hafta sonuna kadar bekleyebileceğini biliyordu.

"O zaman haftanın sonunda ne olurdu?"

Bu soruyu düşünürken sessiz soruları durdu.

"Nefes al," dedi kendi kendine, "sadece nefes al ve itaat et."

Sürekli sorduğu sorulardan sıyrılarak yüzüne makyajını yeniden yaptı.

Dalgalı saçlarını sıkı bir atkuyruğu yapıp boy aynasının karşısına geçti.

" Nefes al , nefes al adil ol ve itaat et ." diye tekrarladı . kendisi .

o attı a geçen görüş üzerinde ve nefes aldı yavaş yavaş . o döndü ile o geri , gitti onun masa ve diz çökmüş önceki onun gibi _ _ _ öğretilen olmuştu .

gördü _ için , nasıl sen onun yuvarlak yanaklarıyla _ _ eşek çok lezzetli gitti maruz vardı . Kaynaklar _ gösterdi kendisi kırmızı ve kızgın olduğunda sen dikkatlice onun üzerinde topuklar gitti ve onunki kalçalar nasıl bir fahişe sallandı _ _ Zevk hazırdı .

"Benim," dedi kendi kendine neredeyse inanamayarak.

Eğitimi bu hafta çok iyi ilerlemişti; umduğundan daha iyi.

Önüne koyduğu her engeli aşmak nispeten kolay görünüyordu.

Sürekli hız yaptığından endişe ediyordu, dün neredeyse kaçtı ve bu sabah gözlerinde korku gördü, ama sonunda her zaman itaat etti.

O Gönderim kombinasyonu ile yapıldı _ onunki otoriter babanın ve onun sevimli anne neredeyse onun içinde için dil getirilmiş olmuştur .

Onu çok uzun zamandır istiyordu.

Erotik acıya duyduğu şehveti keşfetmek, yalnızca ona hükmetme arzusunu körükledi.

Haftanın sonunda gitmesine izin vermek istemiyordu, ona şantaj yapabileceğini veya onu bir köle olarak kalmaya zorlayabileceğini bilmesine rağmen, böyle bir ilişkinin asla arzularını yerine getirmeyeceğini biliyordu.

Tam teslimiyetini istediği gibi onun egemenliğini istemesini sağlamak için bir güven ve karşılıklı sevgi bağına ihtiyacı vardı.

Önünde diz çöktüğünde uzun bir süre ona baktı.

Hayatının bu noktasına gelmek için çok çalışmıştı.

Hayatındaki her şeye hükmetmek ve kontrol etmek için en karanlık arzularını besleyen kendi şirketi ve kulübü vardı.

Bir karısı, bir ailesi ve birçoklarının kıskanacağı bir evi vardı, ama bunların hiçbiri yeterli değildi.

Şirkette veya kulüpte herhangi bir kölesi olabilirdi ve ara sıra birçoğunu da yanında taşırdı.

Ama aynı anda hem sahip olabileceği hem de sevebileceği birini arıyordu, ondan her zaman kaçan bir şey.

Açık yeşil gözlerine baktı.

Susan farklıydı , dileği şuydu . sen birçok daha fazla olarak a Gövde o mu _ sonrasında irade kullanmak ve kötüye kullanmak olabilir .

küçük olanı istedim _ kız sahip olmak, kontrol etmek ve beslemek , hayatının her alanına ve ona hükmetmek nasıl olduğunu göster _ derinden birinin sevgisi köleler ve bir ustalar olabilir . _

ne kadar farklı olarak karı koca _ veya sevgili , ama çok oldu daha derin ve daha güvenilir .

o aldı a beyaz onun kadife kurdelesi masa ve bükülmüş kendisi ondan önce _ derin ile öp .

Koli bandını boynuna dolarken.

Klipsin onu sıkı bir gerdanlık gibi kapattığını duyunca sıçradı.

Öpücük sürerken elleri onu okşamaya devam etti.

Omuzlarını okşadı ve öpüşündeki çanların sesini ve inlemelerini duymak için onu sarsan küçük sert tomurcukları çimdiklemek için göğsünün üzerinden geçti.

Öpüşmeyi bırakıp ayağa kalktı ve meme uçlarını kendisine yaklaştırdı.

"Misafirlerimiz birazdan gelecek, gel küçük kölem."

Onu toplantı odasına götürdü ve önüne itti, sadece şöyle dedi:

"Oraya git."

Dudağını ısırırken onu izledi ve sandalyelerin sayısına baktı.

Oval masanın başına gitti ve sandalyenin yanında yere diz çöktü.

"Çok iyi, küçük kölem, bugün neyi iyi öğrendin?"

TOPLANTI USTALARLA

Mutfak personeli yemekle gelmişti ve küçük mutfakta ziyafetin son ayrıntılarını hazırlamakla meşguldü.

Bu sırada efendisi büyük bir sandalye aldı ve onun yanında oturduğunu işaret ederek yerde bir yer gösterdi.

Yerini alırken irkildi ve onunla yumuşak bir şekilde konuşurken dinledi:

"Bugün gelen adamlar benim en eski arkadaşlarımdan bazıları. Onlar da efendiler ve kölelerini de yanlarında getirecekler."

Onun sözlerini alırken onu izledi ve sonra devam etti:

"Bana itaat ettiğin gibi onlara da itaat edeceksin. Ama sana zarar vermesine izin vermeyeceğim küçük Susy."

Dudağını ısırdı, kıçını süslüyor ve bacakları hala onu hayal kırıklığına uğratırsa ne olacağına dair kanıtlarla zonkluyordu.

O sustuğunda başını kaldırdı ve gözlerinin içine bakarak fısıldadı: "Sevdiğimde".

Bir kızı tasmalı bir şekilde tutan bir adam ofise girdiğinde misafirleri hakkında biraz daha soru sormak üzereydi.

Sıcak bir şekilde gülümsedi , uzandı , Roberts'ı yakaladı ve salladı . onu sıkı.

"İlk gelen biz miyiz?"

" Aslında Steve, bu doğru . Neşelen bak ." gördü sonrasında aşağıda ve sordu : "Ve nasıl sen _ _ bugün , Shaky?"

Kız şaşırdığında Susan şaşırdı . _ İle birlikte bir "hiip " yanıtladı , gürültü gibi bir küçük köpek ve kendin başını okşarken kıvrandı . _ _ _ _

Susan, önünde elmaslarla "kaltak" kelimesi bulunan kırmızı deri bir kolye taktığını fark ettiğinde daha yakından baktı.

Susan, kölenin adını duyduğunda giydiği dantel elbiseye hayran kaldı ve diğer efendi onu selamladığında kızararak başını kaldırdı.

"Tanıştığımıza memnun oldum, efendim," diye cıyaklayan bir sesle çıktı, daha da kızardı ve ne kadar açıkta hissettiğinin farkındaydı.

Alan Clarkson'ın kendisini az önce karşılayan adama benzer bir adamla girdiğinin yüksek sesli kahkahasını duyduğunda dikkati tekrar kapıya döndü.

Susan ikiz Üstatları izlerken bir yandan diğerine baktı ve başını çevirdi.

Şaşkınlıkla, gülen Amos çiftinin arkasında narin bir kızın hâlâ sessiz olduğunu fark etmesi biraz zaman aldı.

Alan'la birlikte giren, Steve'in ikiz kardeşi Usta John'du ve ardından zayıf bir kız olan kölesi Samantha geldi.

Tabii ki ona gülümseyip göz kırpan Anne'nin de arkasındaydı.

Grubun son iki üyesi dakikalar içinde kızlarıyla birlikte geldi.

Susan, erkekler birbirlerini ve kızları selamlarken dikkat çekmemeye çalışarak sessizce oturdu.

İlk Ustayı karşılayan tiz sese güvenmeden, selamlandığında başını eğdi ve gülümsedi.

Bu yüzden gerginliği içinde sessiz kaldı.

Hepsi yetenekli mutfak personelinin eski moda bir yemek odası gibi bulduğu toplantı odasına geçtiler.

Susan son konukları inceledi.

Barry Usta, diğer Ustalardan daha rahat giyinen, diğer Ustaların ince dikilmiş takımlarının aksine kot pantolon ve ceket giyen uzun boylu bir adamdı.

Onu, kasları her hareketinde dalgalanıyormuş gibi görünen, atletik yapılı, uzun boylu sarışın Cinthia izledi.

Son çift, parlak mavi gözlü yaşlı bir beyefendi olan Usta James'ti ve onu bir aşk tanrısı meleği gibi gösteren minik ağızlı tombul bir kız olan Amy izledi.

Garsonlar ilk yemek için şarap ve yemekle içeri girerken, onlar gibi bütün kızlar kendi efendilerinin sandalyelerinin yanına oturdular.

Ustasının eli tabağından küçük ısırıklarını besledi ve zengin yemeğin tadını çıkardı.

Ustalar iş ve ortak arkadaşları tartışırken diğer kızları izledi.

Anne, kollarıyla Efendisinin bacağına yaslandı, Shaky ayaklarının üzerinde kıvrılmış gibiydi, Amy başını Efendisinin uyluğuna yaslamıştı ve Cinthia başının küçük hareketleriyle neredeyse atkuyruğunu sallayacak gibiydi.

Anne onun gözünü yakaladı ve ona göz kırptı.

" biz ihtiyaç duymak burada bir Servis zili , Robert, nerede o garsonlar mı ?" diye şikayet etti Usta James kendisi .

" belki abilir Biz onun yerine Susan'ı salla , " diye güldü Alan.

Yaşlı ustaların gözleri parladı _ _ umut ve kaşlarını çattı _ sonra alın .

_

"Bir kız çok küçük yeterli olduğundan şüpheliyim _ _ _ _ _ _ Gürültü Yapmak yapabilir ."

Robert güldü iyi huylu .

hiç kendini dinledin mi _ James'i şikayet etmek mi ? "

"Küçük kızını sallarsan yapabilirim."

Susan, Efendisinin uzanıp meme uçlarının arasındaki zinciri çekip onları sallarken ve çanları tatlı tatlı çalarken izledi.

"Sanırım haklıydın James, fazla ses çıkarmıyor."

Bunu söyledikten sonra, eli bir anda sağ memesine çarptı ve kadının acıdan çok şaşkınlıkla çığlık atmasına neden oldu.

"Bu daha mı iyiydi ?"

"Zor oldu daha fazla olarak a çığlık at ."

James gülümsedi ve mavi gözleri ona parladı.

Sanki sözde gıcırtıya karşılık olarak garsonlar belirdi, tabakları kaldırdı ve yerine daha görkemli yiyecekler koydu.

Susan kızları incelemeye geri dönerken, ustalar işine döndü.

Köle olmak isteyip istemediklerini ya da onun gibi bu durumda kapana kısılıp kaldıklarını merak etti.

Ama tuzağa mı düştü?

Belki başta, ama şimdi tam olarak emin değildi.

Belki de her şeyden çok sevmeye başlamıştı.

Tekrar gruba baktı ve başını salladı.

Bu pek gerçek görünmüyordu.

Sanki her gün oluyormuş gibi oturup elinizle Ustanızın tabağından küçük ısırıklar almanın normalliği.

Belki de bu oyuna o kadar karışmıştı ki sen onların kölelik Değil daha fazla olarak kötü baktı ?

Bir ısırık daha almak için ağzını itaatkar bir şekilde açıp kapatırken düşünceleri kafasından hızla geçti.

Kızın sevgisinin kendi kişiliğinin bir parçası mı yoksa efendilerinin iradesiyle mi şekillendiğini merak etti.

Ayrıca bu kızların ona nasıl daimi kızarma ve saflıkla baktıklarını merak etti.

Onun gerçek bir köle olmadığını söyleyebilir misin?

Kendi düşüncelerinde kaybolmuş, Lordların konuşmalarını dinlememişti ve diğer Lordlar kalkıp kızları yalnız bırakarak odadan çıktıklarında şaşırdı.

O da ayağa kalkarken ustasına merakla baktı.

Uzanıp nazikçe saçlarını okşadı.

"Yakında döneceğim küçüğüm."

Hafifçe başını salladı ve onlara baktı.

Kapı kapanır kapanmaz, tombul Amy ayağa kalktı ve masayı taradıktan sonra Efendisinin boş koltuğuna geçti ve neredeyse dolu olan şarap kadehini minik dudaklarına kaldırdı.

Samantha gözlerini devirdi.

"Sen bir veletsin Amy, seni orada yakalamalarına izin vermesen iyi olur."

"Bir ara ver Samantha, buradaki en yaşlı kız sen değilsin." Shaky araya girdi: "Amy her zaman değişmeyen bir velet ve yeni kızla eğlenmemiz gerekiyor." Susan'a doğru dişlerini göstererek gülümsedi. "Bize güzel Susan'a, yakalanması zor Usta Robert'ı nasıl yakaladığını anlatmalısın."

Sürünerek ona daha yakındı ve bir cevap beklerken elleri çenesinde yüzüstü yatıyordu.

Bu kızlara yakalandığını nasıl söyleyebilirdi?

Kölelik hakkında hiçbir şey bilmediğini ve bunun onun için bir oyun olarak başladığını.

Susan'ın zihni hızla çarpıyordu ve kızlar ona bakıp bir cevap beklerken o derinden kızardı.

Samantha onu kurtardı:

"Susan'ın bunların hiçbiri hakkında bir fikri olduğunu sanmıyorum, tatlım."

Susan başını salladı ve gözlerini indirdi.

Ve Samantha komplocu bir şekilde diğerlerine fısıldamaya devam etti:

"Ben daha önce Bu Hafta hâlâ asla a köle oldu ." Arkasını döndü . Susan'a verdi ve o a yatıştırıcı gülümse . " sen hayır merak etme canım bunlar kız niyet Gerçekten Yok eğlence İle birlikte sana sahip . Bunu ustalara bırakacağız." Güldü.

"Olmaz! Bu doğru mu ?" Shaky , Susan'ı izledi _ daha istekli merak .

Amy yaklaştı kendisi ayrıca : "Şey, peki, bir Sevimli masum düşünen kız _ Usta Robert'ın aradığı şeyin bu olmasına şaşırırdım . _ _ _ tatmak ile bil ."

Susan kendininkini denedi _ sahip olmak sürpriz ile _ olduğunda kaçının sen üstünde sen konuştu ama _ sen yanaklarına dolan kızarıklığın sıcaklığını hissetti . _ _ _ _

Efendin hiçbir zaman kendi kölesi olarak almadı. Seni tutacağını mı sanıyorsun ?"

susan gördü İle birlikte Kocaman gözler ve çığlık attı :

"Beni tut?" O, başını salladı. "Eğlenceli bir oyun olacağını düşünmüştüm ama şimdi kafamda her şey bulanık. Hepiniz buradayken dünyadaki en normal şey gibi görünüyor ama çoğu zaman ne yaptığımı gerçekten bilmiyorum. zaman."

"Ah kapa çeneni tatlım, her şey yolunda." Samantha göz kırparak, "Bütün hafta seni izledim ve her gün daha harika görünüyorsun," dedi.

Shaky gülümsedi. "Sen gerçekten acemisin, hayır! Tüm ustalarımızla tanışmana izin verirse, seni bir süre daha buralarda tutmayı planlıyor." Shaky, Susan'ın yanağını yaladı ve onu güldürdü. "Ve yeni bir oyun arkadaşına sahip olmak güzel olurdu, Samantha'yı tercih etmez misin?"

Amy gördü masadan indi ve dudaklarını büzdü :

"Kulüpte Robert Usta'nın kolyesini takmaktan muzdarip bir sürü köle var. Seninle kalmaya karar verirse herkesin uluyan çığlıklarını duyabilmeliyiz." Güldü, ellerini çırptı ve Efendisinin şarabından bir yudum daha aldı. "Öğrendiklerinde bazılarının yüzlerini görmek isterim."

" Bence kızlar _ yani _ _ gibi mi görünüyor _ _ _ Usta Robert size katılmayı planlıyor mu ? kendisi ile devam et ." Anne , Susan'ın gözlerindeki korkuyu görünce duraksadı. "Onun kölesi olmayı seviyorsun, değil mi?"

Susan bu soruya şaşırmıştı.

İstiyor?

o ısırdı olarak dudaktan aşağı sen bunun hakkında düşündü .

o vardı kendisi dedi ki _ sen a iyi kız öyleydi _ kölelik zoraki öyleydi , ama nasıl abilir o bu _ kız söyle ?

Nasıl köle olduklarını sormak için can atıyordum.

Kabul edip etmeyeceklerine karar verme şansları var mıydı? "

Cinthia atkuyruğunu salladı, hafifçe burnunu çekti ve başını eğdi.

Amy yere kaydı ve parmağını Cinthia'ya doğrulttu ve fısıldadı,

" biliyorum nasıl yaptığı değil ! " _

bir an sonra açıldı kapı ve garsonlar masayı temizlemeye geldiler . _

Kızların her biri sessizce durdu içinde Garsonlar hızla ona bakarken oda çalıştı , tablo ile meyve ve peynir ile doldur ve sen tekrar sakin _ izin ver

Yine herkes gördü _ Kızlar Susan ve bekledi Her zaman bir tane daha _ cevap _

" biliyorum yaptığım şey değil , bırakın çünkü benim istediğim," dedi Susan üzgün bir şekilde . "İşte bu farklı olarak her zaman _ önceki Tecrübeli sahip . O herkes çok güzel görünüyor , um . Normal!" Cinthia homurdandı ve bir tanesini kaldırdı . kaş . " Ne demek istediğimi biliyorsun , basmakalıp olan normal dünya için bir Seks köleleri ..." diye aradı sonrasında için doğru kelime.

Vazgeçti ve omuz silkti .

"Ah tamam bebek," Anne savunmasına geldi. "Stereotipi biliyoruz, ama gözünü ve zihnini gördüğün ve duyduğun her şeye açık tut ve bu dünyada normal bir şey olmadığını anlayacaksın. Tüm vanilya ne kadar sıkıcı bir dünya gibiyken seksi dondurma olarak düşün. "

Amy gözlerini devirdi ve Susan'a başını salladı.

"Dondurma eski ve yapışkan bir benzetmedir ama işe yarıyor. İnsanlar farklı şeyleri, yiyecekleri, arabaları, kıyafetleri ve seksi sever. Kendin karar vermelisin derdim ama bence bu karar senin için çoktan verilmiş."

Susan dudağını ısırdı ve kararını vermek için hâlâ bir günü olduğunu protesto etmek üzereydi, ancak erken uyarı sistemi Cinthia, Lordlar koltuklarına dönerken, kulüp işleri ve kulüp hakkında mutlu bir şekilde sohbet ederken onu koltuğuna geri getirdi. iş ortak tanıdıklar.

Birkaç saat sonra, ama muhtemelen birden fazla değil, Amy başarısız bir şekilde esnemesini bastırdı ve masanın dikkatini çekti.

Usta James gördü sonrasında aşağıda . "Yattıktan sonra ayakta kalırsan alacağın şey bu."

Somurtarak baktı ve itiraz etmeye başladı. "Fakat ..."

Efendisinden gelen sert bir bakış dili üzerinde dondu ve özür diledi ve dimdik diz çöktü.

James sırıttı ve buklelerini karıştırdı

"Neden Usta Robert'a Susan'ın çanlarını çalarak bir süreliğine meşgul olup olmadığını sormuyorsun, sonra seni eve götüreyim, ufaklık?"

saçmalık onun içinde parladı olarak , gözler sen kalktı ve çok tatlı görünüyordu Robert'a döndü ve dedi . _

"Ah lütfen, Efendi Robert, yapabilir miyim ? Çok güzelsin çanlar ve bunun gibi bir tane var güzel köleler ."

" Böyle birine nasıl gidebilirim ? tatlı kız hayır söyle ?" Robert gülümsedi.

"Teşekkürler, Efendi Robert, teşekkür ederim!" Amy köpürdü ve kayboldu altında Susan'a gitmek için masa _ sürün .

" _ _ _ gibi görünüyor istemek sen şimdi uyanık ." Alan , Shaky'nin yaptığı gibi güldü . heyecanla haykırdı ve kendisi _ İle birlikte bir tasmasını hızlı bir şekilde çekiştirmek sakinleşti .

" Görünüşe göre _ hepsi ile _ için yeni kız oynamak istiyorum ." Barry mırıldandı .

Robert gülümsedi ona _

" yapabilirim Değil onları suçladığımı söyle _ _ _ _ ver ben oynarım ile gerçekten gibi o ."

Bu büyük bir kahkahayla karşılandı ve odanın kontrolünü tekrar eline alarak öfkeyle kızardı.

Amy mutlu bir şekilde yanına oturdu ve Susan'ın meme uçlarıyla oynadı ve konuşma onun etrafında devam ederken zilleri farklı tempolarda çaldı.

Ustasının atkuyruğuyla oynadığını hissetti ve delici gözlerine baktı.

Amy'nin ağzının meme ucunun etrafında sıkıştığını hissedince nefesi kesildi ve gözleri büyüdü.

Çanları parmaklarıyla çalarken, dili onun sert pembe noktasının üzerinde gezindi.

Ustasının gözleri parladı ve köşeleri ağzına özgü olmayan bir gülümsemeyle kıvrıldı.

"Kızım her zamanki gibi çok heyecanlı görünüyor, onu eve bıraksam iyi olur yoksa tekrar uyuyamayacak kadar gergin olacak. Hadi . Kız senden sonra izin verelim ev getir . " Usta James konuşurken ayağa kalktı

.

Amy başını geriye attı ve meme ucunu serbest bıraktı . git o _ İle birlikte bir yüzük patlama bakımlı vardı .

Baktı ve usulca sordu:

"Hoşçakal demek için onu öpebilir miyim?"

"Evet bebeğim. O halde Robert Usta'ya teşekkür et, gidelim."

Amy bir elini Susan'ın yanağına, diğerini Susan'ın boynuna koydu ve dudaklarını onunkilere bastırırken onları tuttu.

İnatçı dili hisseden Susan, tombul onu nazikçe ama derinden öperken, dudaklarını hafifçe araladı ve öpücüğün sonunda Susan'ı nefessiz bırakan çırpınan bir dille ağzını keşfetti.

" hoşçakal benim yeni arkadaş umarım Biz görmek biz hala sık. Bir oyuna gelmelisin, benim bir sürü harika oyuncağım var!" Ustası boğazını temizleyip ayağa kalkarken sızlandı. "Susan'la Usta Robert oynamama izin verdiğin için teşekkür ederim."

"Hoş geldin tatlım, iyi uykular. Huysuz yaşlı efendin perişan görünüyor."

Amy en baştan çıkarıcı masum yüzünü takındı. "Sence öyle mi?" Ustasına yukarıdan aşağıya baktı. "Belki de eve gittiğimizde hemşire setimi çıkarıp kontrol etmeliyim."

"Ah , sanırım bu kesinlikle ihtiyacın olan şey , tatlım. şimdi git ve git sonrasında ev ."

James homurdandı . " teşekkür ederim bunun için dostum belki _ Bir dahaki sefere Susan'ın kafasını yanıma alabilirim . Ev ödevi sana da doldur istihdam ."

Amy gülümsedi ve döndü masada kendisi . "Hoşçakal Usta ve Hizmetçi ."

Sonra Efendisinin elini tuttu ve önderlik etti . o dışarı için kendisi olduğunda boşluk _ _ geçti .

Steve güldü ve yumuşak bir şekilde John'a dedi ki:

"Ah, sanırım bu arsız velet için hatırlanacak başka bir gece olacak."

John kıkırdadı.

"Tabii James, eve giden uzun yolda onu dövmeye karar vermezse."

"Cinthia ve ben de yola çıkmalıyız, binicilik kulübüne gitmek istiyorum ve önümüzde çok fazla hazırlık var." Barry onun içinde gürledi derinlikler bariton tonu.

Robert ayağa kalktı ve gülümsedi .

"Ah evet, elbette. Buluşmamız için şehirde olduğun için şanslıydın. Geldiğin için teşekkürler Barry."

Robert diğerlerine göstermek için dönmeden önce oturma odasının kapısına yürüdü:

"Gece yaklaşırken neden en rahat koltuklara geçmiyoruz? Oradaki manzara oldukça güzel."

Ustalar arkalarında kızlarıyla birlikte ayağa kalktılar.

Anne, Susan'ı hareket etmeye çağırdı.

Cinthia'yı ve onun uzun bacaklarıyla yürümesini izliyordu ki sonunda aklına binicilik kulübünden söz edildi.

Diğer kızlara, tabiri caizse, niteliklerini görmeye çalışmaktan daha eleştirel baktı.

Shaky sevimli bir köpek yavrusuydu ve Anne coşkulu, seksi bir kızdı ama Samantha onları şaşırttı.

Susan'ın kafası karışmıştı , kız koşmak ile bakın o çok komikti _ _ _ istemek sen bir balerin.

Susan hissetti kendisi Yeniden bir Zamanlar yersiz , sen olurdu Hiç bir şey Sen ve sen hakkında özel bir şey zorunda birçok öğren .

fark etti ki _ sen asla bu kadar özel olamaz nasıl Bu kız ve bu sadece efendisi _ İle birlikte o oynadı vardı .

Bunu yapmayacağını anlayınca, özel bir niteliği olmadıkça onu kölesi olarak tutamazdı.

Kendi kararını vermek zorunda olmadığı için bir rahatlama dalgası hissetti.

Ama bu hissi hemen bir hüzün dokunuşu takip etti.

Dalgın bir şekilde dudağını ısırarak efendisini sandalyesine kadar takip etti ve yanına oturdu.

Ustası elini bir kez daha atkuyruğuna sarıp ona bakarken düşüncelerini kafasından attı.

"Hey John, kızının bana hizmet etmesine izin ver kardeşim, bu köle bir şişede ya da kutuda gelmeyen hiçbir şey için işe yaramaz."

Steve, Shaky'yi ayağıyla dürttü ve Shaky ona alçak sesle homurdanarak kaşlarını çatmasına neden oldu.

Samantha, Efendisinin başıyla selam vererek, ayak dansı yaparak Usta Steve'e doğru yürüdü.

Vücudunu ona yasladı ve boynunu kulağına yasladı, nazikçe kemirdi ve mırıldandı:

"Usta, ne istiyorsun ? Bu Köle bu gece seni alacak mı ? "

"Bir viski lütfen tatlım."

Samantha açıldı kendisi dışarı onun gövde , döndürülmüş onların Ayak topları yukarıya ve mutfağa kaydı .

o temizledi a yeni cam ve döndü kendisi gözlemcilere sipariş vermek kolay a şehvetli , kıvrımlı bak _ ana hatlar onunki gövde ile camın kenarını tutarken teklif ver şişme hakkında _ onların göğüsler itti , titredi ve derin nefes aldı .

susan gördü sen hayran kaldım .

Anne bardağı doldurdu _ için dondurucu kapısını açmadan önce yarısı açıldı ve soğuktan uzak _ Hava kuşatmak izin ver

Bu Hava İzin Vermek onların Meme uçları sertleşir ve ortaya çıkar onların keskinleştirmek keskinleştirmek açık altında için iyi giydiği ipek elbise .

o yakaladı sonrasında dondurma ve onunla bıraktı _ bir keskinleştirmek Bardağa klinker . _

Dondurucu kapısını kapattı İle birlikte bir kalça hareketi ve eğildi kendisi geri , başını salladı ve gitti onların saç bir _ Dalga daha koyu ipek düşmek .

Göğüslerini onun koluna sürterek Usta'ya döndü, bardağı önce dudaklarına götürerek kenarını öptü ve mırıldandı:

"Viskiniz Usta Steve, bu köle hizmetinizden memnun kaldığınızı umuyor."

Her zamanki gibi enfes hizmet ve tatlı bir şey. Sana kimin sahip olduğunu unutmadan hemen efendine dön ."

Susan daha dolgundu huşu Samantha'nın nasıl hizmet ettiği hakkında bir İçecekler çok şehvetli yapılmış .

Yapabilmek istedi ve tepkiyi aradı _ _ _ onunki ustalar ile sadece _ _ için bakın onun o olduğunu gör _ Kabul ediyorum izledi .

Düşünceleri kafasına sıçradı.

Onu memnun edecek kadar komik olacak mıydı?

Belki o kadar zarif ve çekici olmayı öğrenebilirdi ve belki Shifu o zaman onunla kalmak isterdi.

Hafta bittikten sonra onu göndereceğine kendini inandırmıştı.

Öngörülü düşüncesine dahil olurken, kendine tekrar sordu: "Köle olarak sahip olunmak, tüm emirlerine uyarak seçme özgürlüğünü reddetmek istediği hayat bu muydu? özel ol?" ne isterdi? "

Onu bir kez daha memnun etme arzusu, diğer tüm sorularını bastırdı ve dikkatini öğleden sonra ilerleyip gökyüzü kararırken şaka yapmaya devam eden Lordlara çevirdi.

Diğer içecekleri reddeden ikiz şampiyonlar, o gece kulüpte nişanlandıklarını iddia etti ve Alan ayrıca kulübü ziyaret etmeyi ve sergilenenleri görmeyi dört gözle beklediğini söyledi.

Robert, hâlâ yapacak işleri olduğunu iddia ederek onlara katılmayı reddetti.

Toplantı kapısına gitmek için ayağa kalktı ve cana yakın bir şekilde sohbet etti. Susan onu takip etti ve uzun öğleden sonra ve akşam boyunca Anne'ye verdiği destek için sessizce teşekkür etti.

"Ah sevgilim, hiçbir şey değildi , biz hepsi bunun bir noktasındaydı _ yaşam tarzı yeni."

Anne, Susan'ı yanağından öptü ve Alan'ı asansöre kadar takip etti.

Asansör nihayet kapandığında, Robert döndü ve onun da peşinden geleceğinden emin olarak ofise girdi.

Önünde diz çöküp topuklarına yaslanırken, yanağını okşamak için öne doğru eğildi.

"Bugünkü performansından çok memnunum kızım."

Onu derinden öpmek için eğildi ve Midesinde kelebeklerin uçuştuğunu ve duyguların sırtından aşağı indiğini hissetti.

Mutluydum!

Öpüşüyle birlikte hissettiği sevinç elle tutulur cinstendi.

Onun sözlerinin ve dokunuşunun kendisini nasıl hissettirdiğinden başka bir şey düşünmedi.

"Artık özgür olduğundan emin olduğumuza göre, hadi bir oyun oynayalım Susy. Oyunları ne kadar sevdiğini biliyorum." Ona bilmiş bir şekilde gülümsedi.

"Evet kesinlikle." o fısıldadı.

Konukların ortadan kaybolmasının eve gidip rahatlamasına izin vereceğini ummuştu.

Çok uzun bir gün olmuştu ve kafasındaki tüm düşüncelerle kafası çok karışmıştı.

O devam etti:

"Her gece üç soru sorabiliriz. Misafirlerimiz ve öğleden sonra hakkında bilmek istediğin her şeyi bana sorabilirsin. Sana ne öğrendiğini umduğum sorular soracağım. Ve nasıl öğrendiğini soracağım. ne zaman _ ile birlikte olsam Onların Yanıtlar Değil Memnunum , bunun sonuçları olacak var ."

Küçük ayrıntılara yeterince dikkat etmediğini bilerek kıvrandı ve aklı sık sık dolaştı.

Bir test olacağını bilmeliydi, her zaman bir şekilde test ediyordu.

Ama o başını salladı ve fısıldadı:

"Sevdiğimde".

"Pekala, o zaman şimdi başlayalım, bana her misafirin ve kölesinin adını verin."

Derin bir nefes alarak sesinde bir titremeyle başladı:

"Alan Clarkson ve kölesi Anne, Steve Goodman ve kölesi Shaky, John Goodman ve kölesi Samantha, James Smith ve kölesi Amy ve Barry Collins ve kızı Cinthia."

Resmen tanıtılmadan dudağını ısırarak, asistan olarak gönderdiği notlar ve e-postalar hakkındaki pratik bilgisi sayesinde adları duymuş ve soyadları birbirine bağlamıştı.

"Çok etkileyici," diye gülümsedi, "ama korkarım ki, bu geceki tek rolünüz olan bir köle olarak, herkese bir efendi gibi davranılmalı ve ardından adının yazılması gerekiyor." Alt dudağının düştüğünü görünce kasıklarını okşadı. "Kucağımda küçük Susy."

Günün erken saatlerinde onu bir fahişe olarak işaretleyen acı veren yara izleri çoktan solmuştu.

Sert bir şekilde vurmadan önce elini nazikçe kıçından aşağı indirdi, el izinin pürüzsüz teninde pembe parıldamaya başlamasını izledi.

Bacaklarını hareket ettirirken dudağını ısırdı ve inledi.

Bu arada, geç öğle yemeğine katılan ustaların her biri için bir kez daha eli dört kez indirildi.

Birkaç gözyaşı yanaklarından aşağı yuvarlandı, kıçına dokunup teklif ederken dayak atmaktan çok hayal kırıklığından:

"Senin sıran".

Düşündü ve sordu:

" Kızların her biri benzersiz bir şekilde bir şeydi Shaky a'dan beri özel yavru kız oldu. onlar kendilerinden mi _ ustalar çok eğitimli veya vardır sen tabii ki ?"

" Bazıları köleler sahip olmak bir birine düşkünlük _ belirli bir rol ve bir usta tarafından ve onun arzuları ve ihtiyaçları için alınır okullu ." Devam etmeden önce bir an durakladı, "Bazı ustalar boş bir tuvali tercih eder ve bir kızı alıp beğenilerine göre şekillendirir. Ancak, her ihtimale karşı, kızın doğal teslimiyeti olmalıdır. Bir kıza Güç Köleliği her zaman bir Üstadın istediği gibi gitmez. "

Aklı sıçradı.

Zorlamamış mıydı?

Oyun olarak başladı.

Onun olmayı ve bir hafta boyunca ona tamamen itaat etmeyi kabul etmişti.

Kabul etmeye zorlanmadığını itiraf etti, ancak neyi kabul ettiğini gerçekten bilmiyordu.

Poposunu okşayan el konuşurken durdu ve bir sonraki sorusunu dikkatle dinledi.

"Bana bu gece burada olan altı kızdan bahset, gördüğün gibi her biri özel yetenek."

Sadece beş kız olduğunu biliyordu, ama böyle savunmasız bir durumdayken onu düzeltmekten hoşlanmadı, bu yüzden başladı:

" Titrek çok köpek yavrusu . Bence Cinthia _ _ bir midilli. Amy _ çok çocukça . Anne _ bir busty sarışın bomba. Samantha bana sahip şaşkın , ama bence o _ _ dır-dir dansçı ve taşındı kendisi çok zarif .

Umutla ona bakmak için başını çevirdi.

vurdu _ onun için iki kez sert eşek .

"Anne, senin gibi , benim küçük Susy, olacak vasıtasıyla Ağrı öyle bir şekilde uyandırdı ki , çoğu köleler Değil keyfini çıkarın . Samantha'ya _ örnek olur hiç Değil vasıtasıyla ağrı veya ceza uyandırdı . Onların zevki, Efendisini memnun etmekten gelir. Ve hizmet ettiği ve dans ettiği şekilde parlıyor. Ustası doğuluların yaşam tarzını takip ediyor. ' Eli tekrar havada süzüldü ve bir kaşını kaldırdı.'Ya altıncısı?'

Zihni cevabında kimi gözden kaçırdığını bulmaya çalışırken dudağını ısırdı ve kaşlarını çattı.

Eli tekrar aşağı inerken gülümsemesini izledi.

Çığlık attı ve ağzından çıktı:

"Sadece beş kız olduğu için anlamıyorum."

Cevap verdiğinde onu tekrar tokatladı:

"En önemli köleyi unuttun, benimki!" Konumunu belirtmek için eli tekrar aşağı indirdi. "Oradaydın, değil mi?"

Döndü ve bağırdı:

"Evet usta, ama ben özel bir şey değilim, özel bir yeteneğim yok."

Başını eğdi ve gözyaşlarının akmasına izin verdi.

Kalbi hızlı hızlı atıyordu, gerçekten o kadar masum ve saftı ki, memnun etme ve hizmet etme ihtiyacında o kadar özeldi ki, ondan istediği tüm taleplere katlandı ve cezalarını neredeyse isteyerek kabul etti.

Kızarmış ve tatlı tavırlarıyla saflığın timsaliydi ve bunun farkında bile değildi.

Küçük tatlı prensesi herkesin içinde ve acıyı seven fahişesi özelde canı istediğinde.

"Sana tüm hafta boyunca özel olduğunu söylememiş miydim? Sana olan arzumda özel olan ve senin efendin olmam gereken şey ne? Bazı arkadaşlarımla tanıştıktan sonra onlara bir tane vereceğimi mi sandın? özel değil mi?" Sonuncusunu neredeyse bağırarak, kadının ürpermesine ve kafasının karışmasına neden oldu.

Susan inledi.

"Evet efendim, efendim demek istemiyorum, oh..." diye bağırdı, "Ne demek istediğimi bilmiyorum."

Eli, şimdi kırmızı olan kıçını daha da aşağı indirdi ve daha fazla inledi. Ona şaplak atarken vücudundan akan ısı, sertliğinin arttığını ve kedisinin uyluğuna sürtündüğünü hissettiğinde karnını kucağında ovuşturmasına neden oldu.

Gözlerini kapattı ve nefes nefese kaldı.

Isı, acı ve onun hissi vücudunda spazmlar yarattı.

Tam boşalmak üzereyken, elini sırtına koymayı bıraktı ve hareket edememesi için onu tuttu.

"Ve sıradaki sorunuz..."

Düzgün düşünemiyordu, boşalma ihtiyacı o kadar acildi ki vücudu sallandı ve inledi.

"Şu anda ne istiyorsun ve küçük bir kaltağa sorman gerekiyor?"

İhtiyacını dile getirirken yoğun utancın onu kapladığını hissetti:

"Lütfen usta, gelmeliyim, gelmeme izin verin."

Sormasına ilk kez izin vermişti ve zahmetsizce atlamış olması son bir engel gibiydi.

Hareket halinde elini kaldırdı ve sert yuvarlak yanakları tekrar kırbaçlamaya başladı, eli kalçasına ve horozuna çarparken kırmızı yüzeyden sıçradı.

Onu o kadar çok istiyordu ki, onu almak için bir hafta bekleyebileceğinden şüpheliydi ama kalacağından emin olmak için beklemek zorundaydı.

Başını iki yana sallayıp acı ve zevk içinde yüzerken kaskatı kesildi ve uzun, soluk soluğa bir çığlık attı.

Onu kedi, sanki uzun bir süre boşalmak üzereymiş gibi, vücudundan atışlar gibi acele eden çok ihtiyaç duyulan boşalma ile zonkladı.

Nihayet düşmüş sen topallamak _ _ kucak .

Onu kucağına aldı ve kucağına aldı.

Titreyen küçük bedenini geri alarak onun kollarına sımsıkı sarıldı.

O gülümsedi.

"Görünüşe göre şaplak atmak senin için pek bir ceza değil, benim küçük ağrılı orospu. Şimdi sadece bir soru sordun, o yüzden sanırım tekrar sıra bende."

Oyunun bitmediğini anlayınca sıçradı ve nefesi kesildi ve zihnini boşaltmak için başını salladı.

Çenesini tuttu ve gözlerinin içine bakmak için başını kaldırdı.

"Bir hafta ne kadar, Susy?"

Soru onu şaşırttı, bariz olana alternatif bir cevap olması gerektiğini düşünerek dudağını ısırdı, ama bir tane düşünemedi, bu yüzden fısıldadı:

"Yedi gün".

Yüzündeki anlayışın şafağına bakarken gülümsedi.

"Haftanın ilk yarısında iyi iş çıkardın küçük kölem." dedi, onun tam anlamını anladığından emin olarak.

"Yedi gün."

diye fısıldayarak tekrarladı.

Aklı, o hafta sonu bir yıldönümü kutlamasına yardım etmek için ailesiyle birlikte olmak için yaptığı planlara gitti ve endişeyle dudağını ısırmaya başladı.

Sormadan önce onu yakından izledi:

"Son sorunuz Susy?"

Endişeli gözlerle ona baktı ve fısıldadı:

" Düşündüm ... Yani , varsaydım ... um ..."

Yüzüne bakmadan baktı _ _ _ onun içinde bir şey Gözler ile ona oku _ ile söyle _ _ sen varsayılan vardı _ _ onların Hafta bir çalışma haftası olurdu , sadece beş günler , çok cüretkar sen ile sor :

"Kölelerin ücretsiz hafta sonları var mı?"

İLK KISIM SONU

www.ingramcontent.com/pod-product-compliance
Lightning Source LLC
Chambersburg PA
CBHW031404160726
47993CB00003B/1099